ベリーズ文庫

冷徹ホテル王の最上愛
～天涯孤独だったのに一途な恋情で娶られました～

皐月なおみ

JN020289

STARTS
スターツ出版株式会社

目次

冷徹ホテル王の最上愛
～天涯孤独だったのに一途な恋情で娶られました～

冷徹ホテル王の最上愛
～天涯孤独だったのに一途な恋情で娶られました～

1、日奈子《ひなこ》と宗一郎《そういちろう》

ホテル九条東京《くじょうとうきょう》のエントランスホールは、四階の高さまでの広い吹き抜けの空間だ。ワインレッド色の絨毯《じゅうたん》が敷き詰められた二階まで続く大きな階段と、巨大なシャンデリア、その下に有名な華道家が生けた二メートルほどのフラワーアレンジメントが飾られている。

鈴木日奈子《すずきひなこ》は、ライトブラウンの制服に身を包み、背筋を伸ばしてフロントに立っていた。時刻は午後九時、この時間は宿泊客たちの人影もまばらで、ラウンジに何組かのグループがいるだけである。

その静かな中をエレベーターホールの方向から、初老の外国人男性がこちらに向かってやってくる。日奈子は口元に笑みを浮かべて頭を下げた。

『失礼』

男性がフロントに手を置いて英語で話しかけてきた。

『夕食に出たいんだが、この辺りで天ぷらを食べられる店はあるかな？』

日奈子は頷《うなず》いて、カウンターの下にストックしてあるパンフレットを広げた。この辺りの簡単な地図と飲食店が載っている。

『天ぷらでしたら、こちらとこちらのお店が歩いていける距離にあります』

『なるほど、君のおすすめは？』

『どちらも味は間違いないですが、こちらのお店は日本酒の珍しい銘柄《めいがら》が揃《そろ》っておりますので、お酒を飲まれるならおすすめです』

男性が微笑《ほほえ》んで頷いた。

『なら、こちらの店に行ってみよう。ありがとう』

『いってらっしゃいませ』

日奈子は、去っていく男性の後ろ姿に頭を下げる。

この時間にひとりで夕食を、ということはビジネスで日本を訪れた客だろうか。

せっかく日本に来てこのホテル九条を選んでくれたのだ、少しでも快適で思い出に残る時間を過ごしてほしい。

そんなことを考えながら日奈子はまた背筋を伸ばす。たとえ隅にいる客でも、助けが必要な客がいれば見逃さないようにロビー全体に目を配る。

ホテル九条は、日本で最も格式の高いホテルのひとつである。外国の要人を迎えることもある日本のおもてなしの最高峰とも言うべきホテル九条のフロントに立てていることが日奈子の誇りだった。

しばらくするとエントランスの車寄せに黒い高級車が停車して、背の高い男性が降り立った。彼はそのままロビーの中に入ってくる。

織り模様が入ったダークグレーのスーツに同じ色のベスト、藍色のネクタイを合わせている。少し癖《くせ》のある黒い髪と切長の目、高い鼻梁《びりょう》の顔つきは整いすぎていてやや冷たい印象だ。

エレベーターの方向からやってきた女性ふたり組が、彼の前を通り過ぎる。そのうちのひとりが落としたハンカチを彼は優雅な仕草で拾い上げ、声をかけて手渡した。にっこりと微笑む男性に、ハンカチを受け取った女性は頬を染めて礼を言って去っていった。

頭のてっぺんから爪の先まで一ミリの隙もない完璧な紳士でありながら、ひとたびロビーに足を踏み入れると気配を消し、さりげなく隅々まで目を配る。ホテルマンとしての作法が身に染みついている彼は、むろん客ではない。

日奈子が、隣に立つ同僚の東田莉子《ひがしだりこ》に目配せをすると、彼女は小さく頷いた。それを確認して日奈子は後方のドアから事務所の中へ移動する。男性が来たことをチーフに知らせるためだ。

「チーフ、副社長がお見えになりました」

中でパソコンに向かっていたチーフに声をかけると、彼はやや苦々しい表情になり、しぶしぶといった様子で立ち上がった。

「ったく、こうしょっちゅう来られたら、仕事にならないな」

今ロビーにいるのは、ホテル九条グループの代表取締役兼副社長、九条宗一郎《そういちろう》だ。普段は近くの本社ビルにいる彼は、何日かに一度業務の合間を縫って、ホテルの方へも顔を出す。現場を直接自分の目で見て諸所不備はないかを確認するためだ。

現社長、九条宗介《そうすけ》のひとり息子で御曹司という立場にありながら、彼は入社直後はここでホテルマンとして経験を積んだ。だから客への対応からフロアの設備に至るまで、見る目が他の役員とは段違いなのだ。現場スタッフにその場で厳しい指導が入ることも珍しくない。

だけど日奈子はそれを、鬱陶《うっとう》しいとは思わなかった。接客については、宗一郎の存在にかかわらずやることは変わらないし、不備があるならばむしろ指摘される方がありがたい。

しょっちゅう来られては仕事が進まないとチーフは愚痴るが、そんなことはまったくない。宗一郎はしばらくロビーを見回って問題がなければそのまま本社へ戻っていく。本社からも宗一郎に対してスタッフからの特別な対応は不要と伝達されている。

それでもチーフは、彼が来たら必ず報告しろとフロントスタッフに厳命していた。

半年前にホテル九条京都《きょうと》のマネージャーから昇格する形で異動してきた彼は、少々上層部からの目を気にしすぎるところがある。

「鈴木さん、君も来て」

そう言われて日奈子は、チーフに続いて再びロビーへ出る。ちょうど宗一郎が、フロントへやってきたところだった。

「お疲れさまです、副社長」

チーフが頭を下げると、彼は無言で頷いた。

声に出して挨拶を返さないのは、ロビーはあくまで客をもてなす場所だという彼のポリシーがあるからだ。業務連絡やスタッフ同士のやり取りは最小限に、なるべく客に静かで快適な時間を過ごしてもらうことを最優先に。それが冷たい印象に見られる所以《ゆえん》でもあるのだが。

「副社長、とりあえず中へ」

チーフが彼を事務所の中へ促す。それに彼は首を横に振った。

「いや、私はこの後……」

——ガタン！

大きな音がフロアに響き渡る。

どうやら男性スタッフが荷物を運ぶキャスターを柱にぶつけてしまったようだ。宗一郎の後ろで、スタッフが「失礼いたしました」と謝った。

途端にチーフが顔を歪《ゆが》め、スタッフを睨《にら》む。よりによってこんな時に、と顔に書いてあった。

キャスターをぶつけてしまったスタッフは、入社二年目。明るくてやる気があり、なにより接客が好きだというところが日奈子にとっては好印象だ。こんなことは滅多にない。でも後でチーフにネチネチ叱られるだろうと思うと彼が気の毒になった。

「君、ちょっと」

宗一郎が男性スタッフを事務所へ促した。つられるようにチーフと日奈子も事務所へ入る。ドアを閉めると、チーフがスタッフを叱責した。

「キャスターの扱いには気をつけろといつも言ってるだろう！　副社長、大変失礼いたしました。彼のことは後でしっかり指導しておきます」

深々と頭を下げている。

それには答えず、宗一郎は訝《いぶか》しむよう目を細めて、同じく頭を下げるスタッフを見ている。

きっと叱責されるのだと事務所にいた他のスタッフたちにも緊張が走る。だが、彼の口から出たのは意外な言葉だった。

「君、顔色が悪いな。体調が悪いのか？」

スタッフが顔を上げた。

「あ……いえ、ただの寝不足です。早番から続けて勤務していますから……」

不意をつかれての問いかけに、彼が正直に答えると、チーフがまずいといった表情になった。

ホテル九条東京のスタッフは三交代制で勤務している。シフトは負担がかからないようにある一定のルールがあり、夜勤と早番、早番と遅番など連続での勤務は厳禁だ。もちろん以前は厳守されていたが、今のチーフになってからはやや緩くなり非公式に要求されるようになった。

「早番から？　連勤は禁止されているはずだ」

宗一郎が眉を寄せてチーフを見る。チーフがあわあわと口を開いた。

「遅番の人手が不足しておりまして……彼が申し出てくれたので、本日だけ例外的に入ってもらいました」

もちろん嘘《うそ》だ。立場の弱い二年目の彼にチーフから要求した。そしてそれは宗一郎はお見通しのようだ。矢継ぎ早に質問する。

「人材が足りない？　スタッフの人数には余裕があるはずだ」

「こ、今月に入って急にふたり同時に辞めてしまって」

「急にふたりも？」

「ほ、報告は次の定例会であげる予定でした」

「退職理由は……いや、ここからは別室で話そう」

チーフにそう告げて、宗一郎は男性スタッフに視線を送る。

「君は今すぐ帰るように。超過した勤務は本社の方で処理するからタイムカードは必ずつけなさい」

そして次に日奈子を見た。

「彼が抜けた分は……」

「大丈夫です。本日のお客さまの数ならば残りのスタッフで十分に対応可能です」

日奈子がすかさず答えると、宗一郎は頷き、最後にチーフに視線を戻した。

「では君はミーティングルームへ」

そう言って、真っ青になるチーフを連れて事務所を出ていった。静かにドアが閉まったと同時に室内にいた社員がホッと息を吐いた。

「聞いたよ、チーフやばかったらしいじゃん」

午後十時半、勤務を終えてロッカールームで着替えようとしていた日奈子は、声をかけられて振り返る。同じく勤務を終えた莉子だった。

「連勤を強要したのがバレちゃったんだって？　よりによって副社長に。日奈子現場にいたんでしょ？」

「うん」

日奈子はシャツのボタンを外しながら頷いた。

莉子は男性スタッフがキャスターをぶつけたところは見ていたが、その後の成り行きは知らないから、勤務後さっそく事務所にいた他の同僚に確認したのだろう。

「ひゃー！　スカッとする〜！　連勤はダメだって私たちが言っても全然聞く耳持たなかったもんね。タイムカードの改ざんまでしてさぁ。しかも、山下《やました》さんの話だと辞めたふたりについてもマネージャーたちに聞き取りがあったみたいよ。あの噂《うわさ》バッチリ報告したってさ」

今月に入って女性スタッフふたりが相次いで退職したのは、チーフが関わっていると噂されている。ふたりとも彼と恋人関係にあった……早い話が二股をかけられていたのだ。しかもチーフは京都に妻子がいるというひどい話だった。

自分以外にも女がいて、しかも同じ職場だったと知った女性たちは揉《も》めに揉めて、結局ふたりとも辞めていった。

「やり手のチーフって聞いてたけど最悪だよね。でもこれできっと異動だな」

莉子はニマニマ笑いながらロッカーを開けた。

「それにしてもさすがだね、副社長。てっきり注意するために事務所へ戻ったんだと思ったよ。それがまさか、彼の体調を気遣ってのことだったなんて！」

「そうだね」

日奈子は同意した。

客に対する気配りが一流な人は、スタッフの変化にもよく気がつくのだと日奈子は改めて感心した。逆に一緒に働いていたのに、気づかなかった自分が不甲斐《ふがい》なかった。キャスターをぶつけるほどの状態なら、先輩の日奈子がチーフに意見してでも帰らせるべきだったのに。

「副社長が来られると、私すっごく混乱しちゃうのよね」

莉子が悩ましげにため息をついた。

「混乱?」

「そう! 厳しい方だから緊張するんだけど、見た目はめちゃくちゃカッコいいからお目にかかれるだけでありがたいような気がするし。従業員のことを一番に考えてくださってるのもわかるから、副社長のもとで働けて幸せ……って思うんだけど。でもやっぱり緊張しちゃうし……。ドMかな? 私」

そう言って莉子はカラカラと笑う。

日奈子も笑みを浮かべた。

「間違ったことはおっしゃらないよね」

厳しいことで知られている宗一郎だが、社内での評判は上々だ。それは彼自身が一流のホテルマンであること。そして常に現場の事情を把握していて、理不尽なことを社員に要求しないからである。

老舗ホテルとして名は通っているものの、五年前まではやや客足が伸び悩んでいたホテル九条が再び国内一位に返り咲いたのは、彼の手腕だと言われている。副社長に就任してまず彼が取りかかったのは、従業員の教育だ。同時に職場環境を改善し離職率を大幅に減少させたのだ。

「ホテル九条横浜《よこはま》にいる同期には羨《うらや》ましがられるんだよね。ちょくちょくお顔を見られて羨ましいって。あっちにも顔を出されるって話だけど、さすがにこっちほど頻繁じゃないもんね」

莉子がふふふと笑った。

「あれで独身なんだから、もう皆そわそわしちゃうらしいよ」

「でも恋人はいるって話だよ！」

何列か並んでいるロッカーの向こう側から別の同僚がひょこっと顔を出した。どうやら今までの話を聞いていたようだ。

「え？　なんであんた知ってるの？」

莉子が聞くと、彼女は手にしている携帯をふりふりとした。

「今ＳＮＳ上で話題になってるのよ。相手はなんとあの美鈴《みすず》！　一緒に食事をしている目撃情報が出回っているんだって！」

「美鈴⁉　芸能人じゃん！　日奈子知ってた？」

莉子が大きな声を出して日奈子を見る。

日奈子も驚きながら首を横に振った。

美鈴は、日本人ではあるものの抜群のスタイルと美貌でロサンゼルスを拠点に活躍している世界的モデルだ。

「はぁー、さすが。やっぱり住む世界が違うね。でもちょっと意外。副社長って御曹司だからさ、有名人じゃなくて家柄のいいご令嬢と付き合うもんだと思ってた」

「いや、美鈴もご令嬢なのよ。確か、旧財閥の鳳《おおとり》家の娘だとか……。だからこそ信《しん》憑性《ぴょうせい》の高い話だって言われてるの。九条と鳳だったら家柄としても釣り合うもんね」

「そうなんだぁ、じゃあやっぱり私たちが副社長に胸をときめかせるのは無駄なんだね。庶民は庶民同士で仲良くしましょう。日奈子、来週の飲み会には参加するよね？」

莉子が日奈子に水を向ける。

「え⁉ えーと……。どうしようかな」

急に自分に矛先が向いて、日奈子はしどろもどろになった。

同僚のつてで計画されている来週の飲み会は、合コンではないという話だが、人数を合わせないだけで向こうは男性グループでこちらは女性グループなのだから意味合いは同じのように思う。二十六歳にもなってまだ一度も彼氏ができたことがない日奈子を心配して、莉子からは絶対に参加するよう言われている。

「まだそんなこと言ってるの？」

莉子が呆《あき》れたような声を出した。

「だって、そういうの慣れてなくて……」

彼氏どころかそういう場に参加したこともない日奈子は、二の足を踏んでしまう。そもそも彼氏が欲しいとも思っていないのだから、なおさらだ。

「慣れてないって、日奈子って箱入り娘なんだ」

ロッカーの向こうの同僚に言われて、日奈子は首を横に振った。

「そんなんじゃないよ。ただちょっと家が厳しかったから、学生時代はこういうの、あまりいい顔されなくて」

正確には厳しかったのは家族ではなく、家族のような存在のある人なのだが。

「ふうん、でももう社会人なんだから、関係ないじゃん。とにかく日奈子は絶対参加だからね。好きな人はいないんでしょう？」

「うん……まぁ」

その時、日奈子の携帯が震えてメッセージが届いたことを知らせる。画面を確認して、どきりとした。

「あ、私、もう行かなくちゃ」

「え？　日奈子」

「ごめん莉子、その話はまた明日！」

慌てて着替えを済ませて、ロッカールームを飛び出した。

ホテル九条東京の通用口を出ると、外はひんやりとしていた。十月半ばを過ぎた晩秋の夜風を頬に感じながら、日奈子は通りを駅へ続く方向とは逆に曲がる。その先は植栽が遥か向こうまで続いている。

昼間でもホテル関係の業者くらいしか通らない人気《ひとけ》のない道路の路肩に、黒いスポーツタイプの高級車が停まっている。近づくと、パワーウインドウが開いた。

「遅い」

運転席に座る宗一郎が渋い表情で一喝した。

「ふ、副社長……！」

日奈子は慌てて周りを見回した。駅とは反対側のこの道に来る従業員はあまりいない。が、万が一ということもある。こんなところを誰かに見られるわけにはいかなかった。

宗一郎が目を細めて首をくいっと傾けた。車に乗れという合図だ。

日奈子は車を回り込んで助手席に乗り込んだ。

「一度本社に戻られたんですか？」

さっきは運転手付きの車で来たはずなのに今は自分の車に乗っている彼に、日奈子が問いかけると、彼は苦々しい表情になった。

「いや、戻る時間がなかったから、車を回してもらった。さっきの件の聞き取りをしてたからな。とりあえず各グループのマネージャーと、辞めた社員に直接話を聞いたという数名の社員にだが、なんとなく事情が掴《つか》めた」

さすがは敏腕副社長と言われるだけのことはある。仕事が早い。チーフ以外の社員に話を聞いたということは、チーフの二股不倫の件も把握したのだろう。

宗一郎がハンドルに手を置いて咎《とが》めるような目で日奈子を見ている。新任のチーフにまつわる問題を、なぜ黙っていたのだとその目が言っている。

日奈子は気まずい思いで口を開いた。

「私はチーフの個人的な問題は噂でしか知りませんでした……。もちろん連勤の件は正式なルートでお伝えしようと思っていましたけど」

言い訳をすると、彼は一応納得して車を発進させた。車のライトに照らされた綺麗《きれい》な横顔に日奈子は呼びかける。

「副社長」

宗一郎が眉を寄せて、不機嫌に口を開いた。

「ふたりの時は〝副社長〟も敬語もなしだ」

「……チーフはどうなるの？」

「しばらく謹慎させる。連勤指示だけでも重大な違反行為だからな。正式な調査が終わったら、処分を下す」

その言葉を聞いて、日奈子はホッと息を吐いた。きっかけとなった男性スタッフや証言をしたマネージャーたちが、チーフに報復されるという心配はなさそうだ。

「よかった……」

「それよりも、出てくるのが遅いじゃないか。あの宿泊率なら残業にはならないはずだ」

「ざ、残業じゃなくて、ロッカールームでちょっとおしゃべりしてただけ。宗一郎さんこそ忙しいんだから、迎えに来なくていいっていつも言ってるじゃない」

敬語はなしと言われた日奈子は、完全にいつもの調子で言い返した。

「おしゃべりもいいが、遅番だと帰りが遅くなるだろう。俺が来られない時はちゃんとタクシーを使うんだぞ」

ハンドルを切りながら小言を言う宗一郎に、日奈子はため息をついた。

「タクシーなんて使えるわけがないじゃない。電車があるんだから電車を使います」

日奈子がひとり暮らしをしているマンションはホテルから地下鉄で四駅のところにある。月に何度もある遅番のたびにタクシーを使うなんて、一般社員の日奈子にできるわけがない。

「じゃあ、うちの運転手を迎えに来させる」

無茶苦茶なことを言う宗一郎に日奈子は声をあげた。

「い、いらないってば……！　そもそもお母さんが亡くなった以上、私が宗一郎さんにここまでしてもらう理由はないんだから」

言ってから、しまったと思う。忙しい中家まで送ってくれるのに、いくらなんでも言い方がきつすぎる。

だが彼はこちらをチラリと見ただけでなにも言わなかった。気を悪くした様子もない。迎えをやめるつもりはないようだ。

彼こそが、日奈子に今まで彼氏ができなかった最大の原因だ。

宗一郎と日奈子は世間でいえば幼なじみということになるのだろう。だが友人というよりは兄妹のような関係だ。日奈子の母鈴木万里子《まりこ》が九条家で住み込みの家政婦をしていたため、ふたりは九条家の屋敷で一緒に育った。

母は、ホテル九条を国内一に押し上げた伝説の女社長と言われている宗一郎の亡き祖母九条富美子《とみこ》に絶対的な信頼を受けていた。気難しく家族にさえ恐れられていた富美子を献身的に支えたからである。

万里子の方も富美子に大きな恩を感じていた。まだ一歳になったばかりの日奈子を抱えて夫を亡くし、途方に暮れていたところを雇ってもらえたからである。

日奈子の父親は、かつては名の通った名家の次男だった。ごく普通の一般家庭出身の万里子との結婚を反対されて、駆け落ちのような形で一緒になったのだ。自身の両親はすでに亡く、夫の実家も頼れずに藁《わら》にもすがる思いで九条家の家政婦に応募して採用されたのだ。

『あの時は、大奥さまが仏さまに見えたわ』

外では厳しかったという富美子だが、日奈子にとっては優しいおばあちゃんのような存在で、ただ可愛《かわい》がってもらった記憶しかない。その富美子は、万里子と日奈子親子をないがしろにしないように、という遺言を遺《のこ》して亡くなった。

宗一郎の両親、宗介と敬子《けいこ》は気のいい人たちで、遺言の通り、富美子が亡くなった後も家政婦として勤めていた母を大切にし、なにかと頼りにしていた。日奈子のことも本当の娘のように可愛がってくれている。

物心がついた時からずっと近くにいた七歳年上の宗一郎は、日奈子にとっては優しくてなんでも願いを叶えてくれるスーパーマンのような存在だった。小さな頃は遊んでくれたり絵本を読んでくれたり。母に叱られて泣いている時にこっそり慰めてくれたこともある。

日奈子は彼が大好きで、『宗くん』と呼び、後をついて回ったものだ。

成長してからは、勉強も教えてくれた。母の給料と日奈子のアルバイト代では学費を捻出《ねんしゅつ》するのが精一杯で、塾に行けなかったからである。現役で観光学科のある大学に合格できたのは彼の力が大きい。

さすがに副社長と社員という関係になってからは、『宗一郎さん』と呼ぶようになったけれど、関係性は基本的には変わらない。

「明日は、実家に行くのか？」

前方を見たまま、宗一郎が尋ねる。実家とは九条家のことだ。

母亡き後、九条家を出てひとり暮らしをしている日奈子を九条夫妻は心配していて、月に一度は顔を見せるように言われている。

「うん、宗一郎さんは？」

「俺は朝から遠方へ出張だ」

宗一郎も日奈子と同時期に家を出て、本社近くのマンションでひとり暮らしをしている。明日出張ならなおさら迎えに来なくてよかったのにと思ったが、口には出さなかった。

流れる景色を見つめながら、さっき莉子に言われた『好きな人はいないんでしょう?』という言葉を思い出していた。

しばらくすると車が停車する。日奈子のマンションの前に着いたのだ。

「もう少しセキュリティの高い物件にしろ」

マンションを見上げて宗一郎が不満そうにする。彼はいつもそう言うが、日奈子のマンションは、オートロック付き五階建ての築浅の物件で、飛び抜けてセキュリティが低いわけではない。

「これ以上のところは無理だよ」

彼が納得するマンションはそれこそコンシェルジュ付きの各階専用エレベーターがあるようなところだ。日奈子の給料で住めるわけがない。

「だからそれは、俺が……」

「ありがとう、宗一郎さん。おやすみなさい」

日奈子は彼の言葉を遮って、ドアの取っ手に手をかけた。彼の言葉の続きは聞かなくてもわかる。

〝家賃なら俺が負担する〟

この話はふたりの間でずっと平行線だ。

そんなことまでしてもらう理由はない。兄妹のように育ったとはいえ、ふたりは本当の家族ではないのだから。

車を降りて彼に手を振り、日奈子は浮かない気持ちでマンションのエレベーターに乗り込んだ。光る数字を見つめながら、日奈子は自分に言い聞かせる。

――彼のこの優しさは、祖母の遺言を守らなければならないという、義務感からくるものだ。

そうでもしないと、どうにかなってしまいそうだった。

家へ入り電気をつけると日奈子はすぐにカーテンを開け、宗一郎の車から見える位置に立つ。しばらくすると、車が静かに発進した。

――本当は、彼の優しさが義務感からくるものではないとわかっている。彼と彼の両親は日奈子を本当の家族のように大切に思ってくれている。それを素直に受け入れられたなら、どんなにかいいだろう。

……できないのは、日奈子が彼に兄以上の想いを抱いてしまっているからだ。

「こんなの、屋敷を出た意味がないじゃない」

遠ざかっていくテールランプを見つめながら日奈子はぽつりと呟《つぶや》いた。

彼と距離を取るために九条家を出てひとり暮らしをはじめたのに、これではまったく意味がない。

ため息をついてカーテンを閉じ、振り返る。チェストの上には亡き母の写真が飾られている。

母が亡くなったのは一年前。日奈子がホテル九条に就職して二年目の春だった。体調に異変を感じて病院を受診した時はすでに手遅れの状態で、その半年後に亡くなった。あっという間のことだった。

日奈子がホテル九条で働きだして、これで親子揃って九条家への恩返しができると喜んでもらえたことが唯一の救いだった。

日奈子はチェストに歩み寄り、写真の前に置いてある青いノートを手に取った。中には、母の手書きでたくさんの言葉が書かれている。死期を悟った母が、日奈子のために遺した言葉である。

ほとんどがたわいもないことだ。日奈子が好きだった母の料理のレシピや、日奈子が小さい頃の思い出話などである。

それを頼りに日奈子は母亡き後の生活を送ってきた。耐えられないほどの喪失感に押しつぶされそうな時も、ノートを見れば母がそばにいるような気持ちになれたから。

その最後のページを日奈子は開く。

そこには、母からの切実なメッセージが書かれている。

【絶対に、宗一郎さまを好きになってはいけません。家族のように優しくしていただけたとしても、彼とは立場が違います。大奥さまを裏切るようなことはしないでね】

母は、日奈子の宗一郎に対する恋心に気がついていたのかもしれない。日奈子が高校生になった頃からどこかふたりを遠ざけるように仕向けるようになっていた。

それまでは兄弟のように仲良くしていることになにも言わなかった母が、突然彼との関係にけじめをつけるように言いだしたのだ。

『宗一郎さんとの接し方には気をつけなさい。幼馴染のように育ったとはいえ、相手は九条家の跡取り。私たちとは住む世界が違う方なのよ』

母は、父との結婚を反対されて駆け落ちし、父亡き後は小さな日奈子を抱えて生きていかなくてはならず苦労した。

『格差のある相手との結婚は、お互いに悲しい思いをたくさんするのよ。日奈子には同じくらいの立場の男性と結婚して、平凡でもいいから幸せになってほしい』

日奈子の将来について話をする時、母はいつもそう言っていて、日奈子はそれを胸に刻み込んだのだ。

一方で、母が日奈子を宗一郎から遠ざけるのにはもうひとつ理由があった。宗一郎の祖母、富美子の意向である。

彼女は、早くから宗一郎に経営者としての才覚が備わっていることに気がついていて、彼に厳しい英才教育を施した。

『宗一郎にはいい人と結婚して、ホテル九条をさらなる発展へと導いてもらいたい』

母に向かってそう言っているのを何度耳にしたことか。

九条家で、宗一郎に接する使用人は若い女性は避けられていた。家族のような存在の日奈子は別だったが、万が一のことがあってはならないと、母は警戒していたのだろう。だからノートにも書き残したのだ。

まったく恋人がいなかったわけではないのに、三十三歳の宗一郎が未だ独身なのは、おそらく富美子の意向を尊重して相手を慎重に選んでいるからだ。とはいえ、さっきロッカールームで聞いた旧財閥家の美鈴の話が本当なら、いよいよそれにも終止符が打たれるのかもしれないが……。

そのことを思い出し、日奈子の胸がずきんと痛む。

やはり彼は好きになっても意味のない相手だったのだ。それを改めて見せつけられた気分だった。

美しいだけではなく日本屈指の名家の令嬢である美鈴なんて、女性として日奈子など足元にも及ばない。

日奈子が彼に対する恋心を自覚したのは、高校生の頃、当時すでにホテルスタッフとして働きはじめていた彼が、街で女性と一緒にいるのを目撃した時だった。

はじめて感じるチリチリと燻《いぶ》されるような胸の痛みに、彼への気持ちが家族としての親しみではないと気がついた。

同時にそれが許されないことだともわかっていて、気がついた瞬間に押し殺した。

今から思い出してもつらい出来事である。

そしてその想いは、年を重ねるにつれて重苦しいものになっていった。

もともと少し口うるさい兄のようだった宗一郎は、母の死を期にさらに過保護になった。母を失い、ショックで一時はなにも食べられないほどだった日奈子を心配してくれたのだろう。

当然、日奈子が九条家を出ることにも大反対だった。このまま一緒に暮らせばいいと九条夫妻も言ってくれたけれど、それでも日奈子は屋敷を出た。

彼のすぐ近くで妹のように大切にされた状態では、彼に対する恋心を押し殺すことができなくなっていたからだ。

会う機会を減らして世界を広げれば、彼に対する気持ちが家族愛に変わるのではという期待もあった。

……でもそれはあまりうまくいっていない。

それを今日改めて思い知った。彼に恋人がいると知っただけで、こんなにも傷ついているのだから。

ため息をついて、日奈子はノートをパタンと閉じた。

2、プロポーズ

テラコッタの床と白い壁、大きさの違う色とりどりの皿が飾られている店内に、陽気なカンツォーネが流れている。

アットホームな雰囲気のイタリアンレストランで、日奈子はさっき自己紹介をし合ったばかりの男性たちとテーブルを囲んでいる。

莉子に誘われていた飲み会である。

異業種交流会的なもの、というコンセプトの通り、様々な職業の彼らはビシッとしたスーツに身を包んだビジネスマンだった。

はじめはどこか遠慮がちだった場もメインが運ばれてくる頃には打ち解けて、思い思いの相手と雑談に興じている。

が、日奈子の緊張はまだ解けなかった。

あまり気が進まなかったこの飲み会に参加することにしたのは、ロッカールームで聞いた宗一郎と美鈴の熱愛疑惑がきっかけである。

もしふたりが本当に付き合っているとしたら、これ以上ないくらいお似合いの組み合わせだ。容姿や社会的地位だけでなく、家柄も釣り合っているのだから。

もちろん宗一郎に恋人ができたことはこれまでも何度かある。本人から聞いたわけではないが、彼の両親や、まだ健在だった母親から漏れ聞く話によると、結婚は想定していない付き合いだったようだ。

彼もどこか冷めていたように思う。本当は恋人と過ごすべき休みの日を日奈子の家庭教師のためにキャンセルすることもあったくらいなのだから。

だが今回は別だろう。なんといっても相手は世界的なスーパーモデルで、かつ鳳家のご令嬢なのだ。

……いい加減この気持ちに区切りをつけたいと切実に思う。

宗一郎の縁談が現実味を帯びたら、つらい思いをするのは目に見えている。その前に彼への想いを消し去りたい。

新しい出会いがあれば、別の誰かを好きになり彼への気持ちが変わるかもしれない、そう思い参加したのである。

でも今のところあまりうまくいっていない。この場を楽しむことすらできていないのだから。

慣れない空気に、少し息が詰まるような心地がして、日奈子は一旦席を立つ。

手洗いでメイクを直しながら、時間を潰していると、莉子がやってきた。

「日奈子、大丈夫？ 飲みすぎた？」

「お酒はそんなに飲んでないから大丈夫。でもちょっと、疲れちゃって。心配かけてごめんね」

「ううん、私こそ、ちょっと強引に誘っちゃったから。でもいい雰囲気だったじゃん。どう？ 高木《たかぎ》さん」

莉子が自分もメイクを直しながら、鏡越しに日奈子を見た。

「高木さん？」

「そう、都銀に勤めてるって言ってた人。お堅い職業だし見た目もいいから、きっと今日の一番人気だよ。私から見たら彼は日奈子をロックオンしてるように思えたけど」

「そ、そんなことないよ。確かに話しやすかったけど……」

件《くだん》の男性は、初対面の相手になにを話せばいいかわからない日奈子に気を遣ってか、仕事の話をしてくれた。紳士的でいい人だったと思うけれど、どうと言われてもコメントに困る。

「話しやすい……それだけ？」

「う、うん……。もちろんカッコいいと思う」

莉子がはぁ〜とため息をついた。

「その薄い反応……。日奈子って理想が高いんだ」

「そんなことないよ。素敵な人だったと思う」

慌てて答えながら、内心でどきりとした。

自分の中に理想の男性像があるとすれば、間違いなく宗一郎だ。皆がいいと言う男性にいまひとつ興味が湧かないのは、完璧な宗一郎と一緒にいるうちに知らず知らず理想が高くなってしまったからなのだろうか。だとしたら、彼以外の人と新しい恋愛をするなんて、ハードルの高いことなのかもしれない。

「でもまだちょっと話をしただけだからわかんないよ」

日奈子が曖昧《あいまい》に言うと、莉子は納得した。

「ま、それもそうか。一度話しただけじゃわからないもんね」

それからふたりで席へ戻る。

しばらくするとお開きになった。会計を済ませて店を出ると広い歩道の端に固まり、それぞれ連絡先を交換しはじめる。なんとなく日奈子は、莉子の袖を引いた。

「莉子、私帰るね。駅、皆と違う方向だし」

莉子は一瞬渋い表情になったが、すぐに気を取り直したように納得した。

「まぁ、今日は参加してくれただけでも上出来か。バイバイ、気をつけて」

「うん、ありがとう。お疲れさまでした」

最後のひと言は誰ともなしに声をかけて、日奈子は夜の街を歩きだした。

地下鉄の駅を目指しながら浮かない気持ちで考えを巡《めぐ》らせる。

まずは一歩踏み出した。が、好発進とは言えないのだろう。こうやって出会う機会を増やせば、いつかは宗一郎を忘れるくらいの男性が現れるのだろうか……。

「鈴木さん」

後ろから声をかけられて、日奈子は足を止めて振り返る。さっき莉子との会話で話題に出た、銀行員の高木だった。

「駅まで送るよ」

爽《さわ》やかに言って日奈子の隣までやってきた。

「え、でも高木さん。反対方向じゃ……」

さっき店の前で皆で確認した時、彼は真逆の方向だと話していたはずだ。

「大丈夫、女の子をひとりで帰らせるわけにはいかないからね」

「でも……」

人通りもありますし、と言いかけて口を閉じた。さっき莉子と話したことが頭に浮かんだ。

『日奈子って理想が高いんだ』

『一度話しただけじゃわからない』

たった数時間一緒に過ごしただけで、決めつけるのはよくないのかもしれない。

「じゃあ……、お願いします」

日奈子が言うと、彼はにっこりと笑って歩調を合わせて歩きだした。

「明日は仕事？」

「いえ、明日は休みです」

「そうなんだ。大丈夫？　飲みすぎてない？」

「はい」

話をしながら駅までの道を行く。でも途中、小さな交差点まで来たところで彼は足を止めた。

「あっちの通りにさ、知り合いがやってるＢＡＲがあるんだ。よかったらふたりで飲み直さない？　さっきは鈴木さんとあまり話せなかったから」

駅まで送ると言ったはずの彼の言動に、日奈子は混乱しながら首を横に振った。

「え？　……でも、もう遅いから……」

「少しだけだよ。それに明日は休みなんでしょう？」

「だけど私……」

飲み会の会場で見せていたのと同じように彼は紳士的に微笑んでいる。でもその中に混ざる少し違った雰囲気を、日奈子は本能的に怖いと思う。反射的に彼から離れようとしたところ、肩を抱かれて引き寄せられた。

「え……⁉」

「ほら行こう」

すぐ近くで聞こえる彼の声と、強く掴まれた腕の感触に日奈子の背筋が粟立《あわだ》った。

「ちょ……！　困ります、私」

「鈴木さん、ずいぶん真面目みたいだけど、冒険も大事だよ。俺がいろいろ教えてあげる」

不穏な言葉を口にして、彼は日奈子の了承も得ずに歩きだそうとする。

「嫌……！」

日奈子が抵抗したその時。

突然男の腕が外れてふたりは引き離される。

思わず目を閉じて次に開いた時、高木から日奈子を守るように宗一郎が立っていた。

高木がよろめき、体勢を立て直してから声をあげる。

「なんだ、あんた。いきなりこんなことしてどういうつもりだ⁉」

「それはこっちのセリフだ。彼女、嫌がってるじゃないか」

「だからなんだ！　お、お前には関係ない！」

怒りを露《あら》わにする高木の胸元を、宗一郎が目を細めて睨んだ。

「なるほど。帰りたがっている女性を強引に引き止めて契約を結ばせる。それが大同《だいどう》銀行のやり方か」

宗一郎からの一撃にハッとして、高木が胸元のバッチを手で隠した。

「くそ、まだなにもしてねえよ、大袈裟《おおげさ》だな」

悪態をつき、逃げるように去っていった。

その背中が人影に紛れて見えなくなると同時に、日奈子の身体から力が抜ける。思わず座り込みそうになったところを宗一郎に支えられた。

「大丈夫か？」

「宗一郎さん……」

「怪我はないな？」

日奈子の様子に鋭く視線を走らせて、異常がないか確認している。

「どうしてここに？」

「会合からの帰りだ。見間違いかと思ったが、念のため戻ってきてよかった」

肩を支える温もりに、日奈子は心底安堵《あんど》した。

「家まで送る。車に乗れ」

そう言う彼の視線の先には、運転手付きの車が停まっている。社用車だ。

もちろん普段の日奈子なら、その車で家まで送ってもらうなんてことは絶対にしない。彼の運転手は皆口が固く外部にバレるなんてことはないけれど、ケジメは大事だからだ。

でも今はとにかく気が動転している。バクバクと心臓は鳴ったままだし、脚に力が入らない。このままひとりで電車で帰る自信はなかった。

日奈子は素直に頷いた。


母と暮らしていた時から使っている古い座卓は、日奈子が引っ越す時に九条家から持ってきた数少ない家具のひとつである。その上にことりとホットミルクのカップが置かれる。手に取りひと口飲むと、途端に懐かしい甘さが口いっぱいに広がった。

「美味《おい》しい……」

日奈子はホッと息を吐いた。

この砂糖を入れた甘いホットミルクは、日奈子が落ち込んだ時に宗一郎がよく作ってくれたものだ。

宗一郎が、ベッドを背にして座っている日奈子の隣に腰を下ろした。

いつも彼は日奈子をマンションへ送った後は、部屋へは上がらずにそのまま帰っていく。でも今日は、運転手を先に帰らせて日奈子を部屋まで送ってくれた。高木とのやり取りで動揺した日奈子を気遣ってくれたのである。

「宗一郎さんのホットミルク久しぶり……。これ飲むと落ち着くんだよね」

思わず本音を口にすると、宗一郎がふっと笑って日奈子の頭に手を置いた。

「よかった、もう大丈夫そうだな」

その温もりと笑顔に、日奈子の胸がトクンと鳴った。ホットミルクと同様に、彼のこんな柔らかな笑顔を目にするのも久しぶりのことだった。

互いに忙しくする中で、顔を合わせるのは月に何回かの遅番の時の迎えのみで、その時間だって最近はあまりいい雰囲気ではなかったから。

その自分の反応に、日奈子は途方に暮れてしまう。ただ笑顔を見ただけで、宗一郎への想いが大きく膨らむのを感じたからだ。

意を決して出席した飲み会であんなに頑張って、知らない人と話をして新しい一歩を踏み出そうとしたのに、この一瞬で振り出しに戻ってしまった気分だった。

彼以上に好きになれる人なんて、この世に存在するのだろうか。

一方で、日奈子の顔色がすっかり戻ったのを確認した宗一郎は、眉を寄せて口を開いた。

「だけどあんなところでなにをしてた？　あの男、たまたま声をかけられたという感じじゃなかったが」

このままではお説教がはじまってしまう。なんと言うべきか、日奈子は考えを巡らせるが、嘘をつくこともできなくて正直に口にする。

「飲み会の帰りだったの。あの人駅まで送ってくれるって言ってたんだけど……」

「飲み会？　あの男は知り合いなのか？　そんな風には見えなかったが」

「知り合いっていうか……。の、飲み会で……知り合いました」

その言葉で、宗一郎は今夜の飲み会の趣旨を理解したようだ。目を閉じて、ふーっと息を吐いた。

「日奈子、そういう会はよくない輩《やから》がいるから行くなと言ってるだろう。誘われて断れなかったのか？」

渋い表情で問いかけられて、日奈子は黙り込んだ。

日奈子が二十歳を過ぎてから嫌というほど言われ続けていることだった。

〝酒を飲むのは、信用できる相手とだけにしろ〟

今まで日奈子はそれを忠実に守り続けた。飲み会は職場の人か友人とだけ。そのおかげで危ない目にも遭わなかったし、嫌な思いもしなかったのだということを今夜改めて思い知った。

「断れなかったわけじゃなくて、ちょっと行ってみようと思ったの」

「行ってみよう？　……合コンにか？」

非難するような響きを帯びた彼の言葉に、日奈子は反発を覚える。なんだか馬鹿にされている気分になって言い返した。

「そうよ、悪い？　私だってもう二十六なんだもん。彼氏ができたっておかしくないでしょ？」

「だが合コンなんて場にいるのは、ろくな奴じゃない」

言い切る宗一郎に、日奈子は再びムッとなった。

本当は彼氏が欲しいわけではない。ただ宗一郎に対する想いから逃れたいだけなのだ。日奈子にとっては切実な願いで踏み出した一歩を、まるで無駄だと言われているような気がした。

「そんなのわからないじゃない」

「事実だ。現にその通りだっただろう」

「そ、それは……。でも宗一郎さんには関係ないじゃない」

日奈子はカッとなって声をあげた。完全なるやつあたりだとわかっている。助けてくれたのに、ひどい言い方だということも。でも止められなかった。

チラリと頭を掠《かす》めるのは、雑誌で見た美しい美鈴の姿だった。彼女が宗一郎の隣に並ぶところを想像するだけで、胸の奥がチリチリと燻されるように痛くなる。

自分は、完璧な家柄のこれ以上ないくらいの相手と誰もが羨む結婚をするくせに、干渉《かんしょう》しないでほしいと思う。

日奈子には、この先彼への想いを抱えてひとり苦しむ日々が待っているというのに。

「私、早く結婚したいの。だって……お母さんが亡くなって天涯孤独なんだもん。仕事は楽しいけど出会いはないし、だから飲み会に行ったらいい人が見つかるかなって思ったの。それがそんなにダメなこと？」

一気に言って彼を睨むと、宗一郎は目を見開いた。

「日奈子は……結婚をしたいのか？」

心底意外だというような宗一郎に、日奈子は目を逸らしてうつむいた。

「日奈子？」

咎めるように問いかけられて、半ばやけになって頷いた。

なんだか頭がぐちゃぐちゃだった。言っていることと本心はまるで違う。彼の意見が正しいことはわかっていても言わずにはいられなかった。苦しい思いからどうしたら逃れられるのか誰か教えてほしかった。

一方で宗一郎は「そうか」と呟いたきり口元に手をあてて沈黙している。

少し意外な反応だ。

こんな時、たいてい彼は理論的に日奈子が納得できるように話をしてくれる。今回もそうするのだと思っていたのに。なぜか今は、次の言葉を見つけられないかのように、どこか迷っているように思えた。

「宗一郎さん……？」

呼びかけると彼は顔を上げて、日奈子を見る。真剣な表情に日奈子の胸がドキリとした。

言いすぎてしまったのだ。

〝それならもう好きにしろ、俺は知らない〟と突き放されるだろうと覚悟する。

けれど彼の口から出た言葉は意外なものだった。

「結婚相手を探している、だから合コンに行ったということは、今現在は好きな奴はいないんだな？」

「え？ ……うん」

戸惑いながら日奈子は答える。

すると宗一郎はまたしばらく沈黙して、一旦息を吐いてから口を開いた。

「なら、日奈子、俺と結婚してくれ。俺がその結婚相手になる」

その彼の言葉に、日奈子は目を見開いて固まった。聞き間違いか、そうでないなら、彼は冗談を言っているのだろう。

そうでないと、どう考えてもおかしな言葉だ。

だって彼には美鈴という恋人がいる。それなのに日奈子にこんなことを言うなんて。

「そ、宗一郎さん、こんな時に」

〝冗談言わないで〟と言いかけて、日奈子はハッとして口を閉じる。彼の表情が真剣そのものだったからである。とても冗談を言っているようには思えなかった。代わりに、頭に浮かんだ疑問を口にする。

「……どうして？」

日奈子の問いかけに、宗一郎は一瞬苦々しい表情になる。でもすぐに気を取り直したように真っ直ぐに日奈子を見つめた。

「俺が、日奈子を愛しているからだ」

息が止まるかと思うほど驚いて、日奈子はもう瞬きすらできなくなってしまう。

シンプルなはずの彼の答えを理解できなかった。

今度こそタチの悪い冗談か、あるいはからかわれているのだろう。でもやっぱり目の前の宗一郎は真剣で、冗談などではないとその表情が物語っている。

宗一郎がため息をついた。

「本当は、こんな形で言うつもりはなかったんだが……。日奈子が結婚相手を探して、飲み会に参加しているなら黙っているわけにはいかない。今から相手を探すくらいなら、俺と結婚してくれ。一生、大切にする」

「そんな……美鈴さんは……？」

「美鈴？」

日奈子の問いかけに、宗一郎は怪訝《けげん》な表情になるが、すぐに思い出したように口を開いた。

「ああ、SNS上で噂になっている件だな。彼女とのことは……詳しく話せないが、そういう関係じゃない。日奈子は気にしなくていい」

一応彼は否定するが、普段は自信に満ちていてどんなこともはっきりとした言葉で話す彼にしてはどこか歯切れの悪い言い方だ。

美鈴と宗一郎の熱愛は、かなり信憑性の高い話としてネット上で広まっている。それもこれもふたりが釣り合う者同士だからだ。

もしかしたら政略結婚のような、家同士の間で持ち上がった縁談なのかもしれない。そうではないかと、予想する書き込みもあった。

「俺が愛しているのは日奈子だ。万里子さんが亡くなった後、はっきり自覚した。あの時俺は傷つく日奈子が元気になるのなら、なにを引き換えにしても構わないと思ったんだ。一生日奈子のそばにいて必ず幸せにすると決意した」

「だけど、そんなことひと言も……」

「言えなかったんだ。悲しみから立ち直れていない日奈子を混乱させたくなかったから。だから俺は日奈子が本当の意味で立ち直るまで待っていた」

そう言って彼は悲しげに日奈子を見た。

母が亡くなって丸一年、日奈子は、社会人として自立して生活できている。でもまだ本当の意味で立ち直れているとはいえなかった。大きな喪失感を抱えながら日々を過ごしている。彼はそれを知っているのだ。

「で、でもそんな素ぶりは少しも……」

「この気持ちがどういう種類のものでも俺にとって日奈子が大切であることは、今も昔も変わらない。やることは同じだ」

言い切る彼に、日奈子の胸は熱くなる。これほどまでに深く想われていたことに感動を覚えるくらいだった。

「宗一郎さん……」

「日奈子、俺と結婚してくれ。もう寂しい思いはさせない。必ず、幸せにする」

宗一郎はそう言って日奈子の頬に手をあてる。その温もりに日奈子の脳がぴりりと痺《しび》れる。

愛する人に愛されていたのだという幸せな思いで胸がいっぱいになる。私もあなたを愛していると口を開きかけた時、母の話を思い出す。

『平凡でもいいから幸せになってほしい』

日奈子を思う母の声音に、ノートの言葉が重なった。

『大奥さまを裏切るようなことはしないでね』

真っ直ぐに自分を見つめる宗一郎の視線から逃れるように目を伏せた。

胸に灰色の不安が広がっていく。

たとえ愛されていたとしても、彼との結婚で幸せになれる自信がなかった。

宗一郎はホテル九条を背負って立つ人物で、日本屈指の名家の長男だ。彼の妻として自分が隣に立つことなど想像もつかなかった。そんな立場が自分に務まるとは思えない。当然、周囲は反対するだろう。どう考えても美鈴の方が相応《ふさわ》しい。

両親のように駆け落ちしても、未来が明るいとは思えないし、なにより彼にホテル九条を捨てるようなことはさせたくない。

「……好きじゃない」

宗一郎にというよりは、自分に言い聞かせるように日奈子は言う。宗一郎が息を呑む気配がした。

この言葉が彼を傷つけているのはわかっている。でも、言わなくてはいけなかった。

「私は宗一郎さんを、そういう意味で好きなわけじゃない。だから結婚とか……そういうのは……」

不完全な断り文句だ。でもそれで十分に意味は伝わる。宗一郎の手が頬から外れ、拳《こぶし》を作って離れていった。

ふたりの間に重い沈黙が横たわった。

長い長い沈黙を破ったのは、宗一郎だった。

「……わかった」

掠れた声でそう言って、静かに立ち上がる。

日奈子は顔を上げることすらできなかった。誠実に日奈子を求める彼の目を見てしまったら、泣きだしてしまいそうだ。私もあなたを愛していると、言ってはいけない言葉を口にして、正解を見失ってしまうだろう。

彼はそのまま玄関へ向かい、靴を履いて振り返った。

「鍵、ちゃんと締めるんだぞ」

パタンと閉まるドアの音を聞きながら、日奈子はすべて終わったのだと感じていた。

まさか彼も日奈子のことをそんな風に想ってくれていたとは想定外だった。

嬉《うれ》しくないわけがない。

でも彼の想いに応えることはできなかった。

きっぱり断った以上、今までのような関係でもいられなくなるだろう。

……だけど間違ったことはしていない。

日奈子はそう自分に言い聞かせた。

ホテル九条東京の大ホールは、国際会議も開催できる豪華で大規模な宴会場だ。普段、結婚式の披露宴が執り行われることの多いこの場所に、今日はたくさんの報道陣が詰めかけている。

来年春に新しくオープンする予定の、ホテル九条宮古島《みやこじま》の都内レセプションパーティが開かれているからだ。宗一郎が副社長に就任してからはじめての新規ホテルである。

招かれたのは、国内外の雑誌記者や、芸能人、現地自治体関係者……。当初想定していたよりもたくさんの人が詰めかけたのは、アンバサダーとして美鈴が出席するからだ。

普段こういったパーティでは見かけない週刊誌の記者もいる。SNS上で話題になっている宗一郎との熱愛をスクープできないかと狙っているのだろう。

宗一郎からの思いがけない告白から一週間が経ったこの日、日奈子はホテルスタッフとして、レセプションに参加している。

宮古島の雄大な自然を映す大きなスクリーンを背に、宗一郎がゲストに向かってホテルの紹介をしている。優雅で堂々とした風格に、日奈子はあの夜の出来事は夢だったのではないかと思っていた。あの夜以来、一度も彼とは連絡を取っていないからなおさらだ。

宗一郎の演説が終わると音楽が切り替わり、アンバサダーとして美鈴が紹介される。

美鈴が舞台に登場した。長い栗色の髪に、はっきりとした目鼻立ち、百七十センチの長身と抜群のスタイル。その圧倒的な存在感に、こういった場に慣れているはずの報道陣からもため息が漏れた。

「さすがだな、美鈴は」

「ああ、だけどホテル九条の副社長の方も、相当なものだ。モデル顔負けじゃないか。あそこまでとは思わなかった」

「こりゃ熱愛は、本物かもしれないな」

そばにいる雑誌記者が囁き合う。

舞台上で、宗一郎が美鈴をエスコートするように自分の隣へと促す。視線を合わせてから前方を向いてふたり並んで笑みを浮かべる。

「完璧なふたりだな」

「美鈴は今はロサンゼルスに拠点を移しているだろう。日本国内のホテルのアンバサダーなんて仕事を受けたこと自体が驚きだと言われているが、副社長との個人的な繋《つな》がりがあるからだろう」

「ああ、間違いない。しっかり追え」

記者たちの言葉に、日奈子の胸はずきんと痛む。ネット上の情報で世間の反応は知っていたが、実際に人の口から聞くと衝撃は大きかった。

やはり一週間前に自分が下した決断は間違いではなかったのだ。日奈子と宗一郎が一緒になる未来など、誰から見てもおかしいのだ。彼には美鈴のような名家の令嬢が相応しい。

舞台上でスポットライトを浴びるふたりを見つめて日奈子はそう確信していた。


「あー疲れた！　疲れた疲れた疲れた」

ホテル九条東京の二十五階、スイートルームにて、レセプション会場から退出した美鈴が、アクセサリーを外している。

「明日は、朝から雑誌エルの撮影です。午前七時に迎えに来ます。午後は……」

アクセサリーを受け取るスタイリストの隣で、マネージャーと思しき女性が明日のスケジュールの確認をしている。

美鈴はそれを聞きながら、バスルームへ行き、レセプション用のドレスからバスローブに着替えて戻ってきた。日奈子はスタッフとして部屋の隅に控えている。

レセプションは滞りなく終了した。美鈴の実家鳳家の屋敷は都内にあるが、彼女はそこへ帰らずに、しばらくホテル九条東京のスイートルームに滞在することになっている。

ホテル九条では、ジュニアスイート以上の部屋には、専門のコンシェルジュが二十四時間体制でつく。もちろんチームでつくのだが、今は日奈子が担当する時間だ。しばらくするとマネージャーとスタイリストは退室していった。このタイミングで、日奈子は挨拶をするために、彼女に声をかけた。

「鳳さま、本日はお疲れさまでございました。このたびのご滞在、ホテル九条一同歓迎いたします。ゆっくりとお過ごしいただけるよう精一杯務めさせていただきます。コンシェルジュが二十四時間、外のカウンターにおりますので、なんなりとお申し付けくださいませ」

頭を下げる日奈子に、美鈴が眉を寄せて「よろしく」と言って頷いた。心なしか顔色が悪い。

「さっそくで申し訳ないけど、鎮痛剤置いてない？　マネージャーにもらい忘れちゃった」

言いながらこめかみを押さえている。どうやら頭が痛いようだ。さっき疲れたと連発していたから、疲労からくるものかもしれない。

「市販のものはひと通り揃えておりますが、鳳さまは先ほどのレセプションでアルコールをお召しになられていますので……」

躊躇《ちゅうちょ》して日奈子が言うと、美鈴が「ああ、そうだった」と答えて、ドサッとソファに倒れ込んだ。

「なら大丈夫、ありがとう。またなにかあったらお願いするわ」

出ていっていいということだ。だがこのままではつらいだろう。日奈子は迷いながら提案する。

「あの、ホットタオルをお持ちしましょうか？　首筋にあてれば楽になるかもしれません」

宗一郎の祖母富美子に、母がよくやっていた方法だ。富美子は頭痛持ちだったが、薬嫌いで市販薬はまったく飲まなかった。

美鈴は、肘置きに突っ伏したまましばらく考えて「お願い」と言った。

日奈子は一旦スタッフルームに戻り、ホットタオルをふたつ、盆にのせて戻ってくる。バスタオルを敷いて、ソファに寝そべる美鈴の首の下と目の上にホットタオルをあてた。

美鈴がふーっと息を吐いたのを見て、日奈子は部屋の照明を少し落とした。

「パーティって、苦手なのよね」

美鈴が呟いた。そして目元のタオルを少し上げて日奈子を見た。

「こういう仕事してるのに、変でしょう？　ランウェイを歩くのは好きなんだけど、見ず知らずの人たちに愛想を振りまくのは苦手なの」

日奈子は少し考えてから口を開いた。

「いえ……。意外だとは思いますが、変だとは思いません」

彼女はモデルで、ランウェイを歩くのが本職だ。愛想を振りまく仕事ではない。仕事柄パーティは見慣れているが、緊張を強いられる場なのは間違いない。

日奈子の答えに満足したのか、美鈴がわずかに微笑んで、ホットタオルを目の上に戻した。

このままそっとしておいた方がよいと判断し、日奈子が盆を持って下がろうとする。

でもその時、ドアがノックされて、美鈴のマネージャーが入室した。

「美鈴さん、九条さまがご挨拶したいとおっしゃっておられますが……」

日奈子の胸がドキンとする。『九条さま』とは宗一郎のことだろう。

「……日を改めていただきましょうか？」

マネージャーは遠慮がちに提案する。美鈴がすでにバスローブ姿だからだ。ビジネス上の関係者で、しかも異性と会うには差し障りがある。でも彼女は目元のタオルを外し、起き上がった。

「大丈夫、通してちょうだい。あなたはもう帰っていいわよ」

マネージャーは頭を下げて下がっていった。

その彼女の言動に日奈子は複雑な気持ちになる。

やはり、彼女と宗一郎は、バスローブ姿でも会えるような、ビジネスだけの関係ではないということだろうか？

もしかして自分はここにいない方がよいのでは？

退出すべきか考えあぐねているうちに再びドアがノックされて宗一郎が入ってきた。

「失礼します」

そこで彼は日奈子に気がつき瞬きをしてこちらを見る。日奈子がいることに驚いているのだ。でもすぐに気を取り直したように美鈴に視線を移した。

「今日はお疲れだったな。おかげで、まずまずの滑り出しができそうだ」

「本当に疲れたわ。私がパーティ苦手なの知ってるでしょう？」

美鈴が不機嫌に答えた。

「ああ、こういう場にはあまり姿を見せない君が出てきただけで話題になったみたいだ。助かったよ、ありがとう」

「その代わり、あっちの方は頼むわよ？」

「それは……もちろん」

親しげにやり取りをするふたりに、日奈子は居心地の悪い気分になる。さっきのレセプションで耳にした記者たちの話が頭に浮かんだ。

ランウェイを歩く仕事でも、拠点としているロサンゼルスの仕事でもない、ホテル九条宮古島のアンバサダーを彼女が引き受けたのは、やっぱりふたりの間にビジネス上のやり取りだけでない特別ななにかがあるからのようだ。

美鈴とは『そういう関係じゃない』と彼は言っていたけれど、とてもそんな風には見えなかった。個人的に親しいのは間違いない。

「レセプションが終わったから、今回の件はひと段落だ。日本を発つまではここでゆっくり過ごしてくれ」

「そうさせてもらうわ」

ふたりの会話を聞きながら日奈子は混乱していた。

親しげに話すふたりを見ていたら、あの夜の宗一郎の告白はいったいなんだったのか、わからなくなったからだ。

とりあえず、頭を下げて退出しようと思う。

でもそこで、美鈴に呼び止められた。

「あ、ちょっと待って。あなた、水を持ってきてくれないかしら。喉乾いちゃった」

「かしこまりました」

頷いて、日奈子は一旦部屋の外のバックヤードへ行く。

美鈴が普段から愛飲しているというミネラルウォーターの瓶を手にして戻ってくると、ふたりはまだ話をしていた。

「ホテル九条のおもてなしが、どんなものか楽しみにしているわ」

「期待してくれてかまわない。だが、こっちにいる間、もう鳳家には戻らないのか？」

「そのつもりよ」

タイミングを見計らって、日奈子は彼女にミネラルウォーターの瓶を手渡した。

美鈴が「あら」と声を出した。

「常温なのね？」

「はい。鳳さまは、普段は冷たいお飲み物は召し上がらないとお聞きしまして、常温を用意してあります」

身体を冷やさないためにそうするのだと雑誌のインタビューで答えていたようで、さっき引き継いだ時に目を通した顧客情報にあったからだ。

「もちろん冷やしたものもございますが……」

「これがいいわ、ありがとう」

彼女は蓋《ふた》を開けてそのままごくごくと飲む。そして日奈子を見てにっこりと笑った。

「あなた、名前は？」

「鈴木と申します」

「鈴木さん、明日からもいてくださるのかしら？　だと嬉しいのだけど」

「時間帯にもよりますが、待機させていただきます」

「そう、ありがとう。もう大丈夫よ。宗一郎、あなたも」

日奈子と宗一郎は頭を下げて部屋を出た。

外のコンシェルジュカウンターには、すでに夜勤のスタッフが待機していた。遅番の日奈子はこの時間で交代だ。

宗一郎が、彼女と日奈子に向かって口を開いた。

「鳳さまは日本にいる間、ここに滞在される。おそらく取材や撮影などのスケジュールがたくさん入るから出たり入ったりにはなるだろうが、いらっしゃる間はゆったり過ごしていただけるよう、気を配ってくれ」

「わかりました」

「それから、彼女が実家ではなくここに滞在するのには理由がある。家族であっても勝手に通したりはせず、必ず本人に確認すること」

「承知しました。他のスタッフにも共有し、徹底いたします」

頭を下げて答えながら、日奈子は複雑な気持ちになっていた。

宗一郎が、顧客情報にも載っていない美鈴の個人的な事情を把握しているからである。しかもそれを、隠そうともしていない。

いったい彼がなにを考えているのか、さっぱりわからなかった。

日奈子がプロポーズを断ったから、美鈴との縁談を進めることにしたのだろうか？

もやもやしながら、日奈子は次のシフトのスタッフと交代する。なんとなく、そのまま宗一郎とエレベーターに乗り込んだ。

勤務中とはいえ、ふたりきりという状況に日奈子は気まずい思いになる。

彼に対する複雑な思いが、胸の中でぐるぐる回るのを感じて、日奈子は自分に言い聞かせる。

自分は彼のプロポーズを断った。だから彼が誰とどんな関係になろうとも文句は言えない。

それにやっぱり、どう考えてもふたりはお似合いだ。そもそも宗一郎は日奈子には手の届かない相手だったのだ。母の言っていたことは正しかった。

黙って光る数字を見つめていると、宗一郎が口を開いた。

「今日はもうこれであがりだな？」

「……そうです」

「なら、いつもの場所で待ってる」

「⁉　そっ……！　ふっ副社長！」

日奈子は彼の方を向き、勤務中だということも忘れて声をあげる。

「副社長、ここ、ホテル内ですよ……！」

「だからなんだ。もともと俺と日奈子が幼なじみだということもべつに隠す必要はないんだぞ。日奈子が望むからそうしているだけで。俺はパーティでアルコールを口にしていないから自分の車を使う。おしゃべりしないで出てこいよ」

光る数字を見つめたまま宗一郎が念を押す。その横顔に日奈子は訴えた。

「自分で帰ります。だ、だって……」

言いかけて、口を閉じて躊躇する。

日奈子は彼のプロポーズを断った。あの時に兄と妹のような関係も終わったのだから、今までのように送ってもらう理由はない。

「だって。私たちは、もう……」

そう日奈子が言いかけた時、宗一郎がこちらを見た。

その視線に、日奈子の胸がどくんと震える。あの夜とまったく同じ熱を含んだ眼差しに、息が止まるような心地がして口を閉じた。

代わりに宗一郎が口を開いた。

「あの時俺は言ったはずだ。なにがあっても俺にとって日奈子が特別で一番大切なことに変わりはない。日奈子が俺を受け入れられないとしても、やることは変わらない」

強い口調で言い切った時、エレベーターがポーンと鳴り、目的の階に到着した。

「いつもの場所だぞ、わかったな」

言い残して、彼はエレベーターを降りていった。

残された日奈子は、鼓動がスピードを上げるのを感じながら、胸のところで拳を作りギュッと握りしめた。

外国から来た宿泊客の中には、東京の街を近未来の世界のようだと感想を漏らす者がいる。キラキラと輝くネオンが夜空を明るく染めている。

冷たい窓ガラスに手をついて、日奈子はライトアップされたホテル九条東京を見つめていた。

「なんだ、ジッと見て。夜景なんてべつに珍しくもないだろう？」

後ろで宗一郎がジャケットを脱ぎながら問いかけた。

確かに、東京の夜景はホテルの上層階からも見えるから日奈子にとってはさほど珍しいものではない。でもこの景色が自宅のリビングから見えるというのが驚きだ。

「宗一郎さん、すごいとこに住んでるのね。だいたいの場所は知ってたけど」

日奈子がこうやって彼のマンションに来るのははじめてだ。

「場所で選ぶとこうなっただけだよ。なにか飲むか？　といってもあるのは、ミネラルウォーターとアルコール類くらいだけど」

「じゃあ、水を」

答えると彼はキッチンへ行く。その後ろ姿を見つめながら、日奈子はこの状況に不安を覚えていた。

いつものように宗一郎の車に乗った日奈子に、彼は話があるから時間をくれと言った。それに日奈子が頷くと、ここへ連れてこられたのである。

話の内容が、この前のプロポーズに関係することだろうという予想はつく。でも詳細がわからなくて不安だった。

ソファに座って待っていると、彼は水とグラスを持って戻ってきた。それをセンターテーブルに置いて、日奈子の隣に腰を下ろした。

「今日は疲れただろう、お疲れさま」

「宗一郎さんこそ。レセプション、大成功だったね。よかった……」

日奈子は心からそう言った。

ホテル九条が末長く客から愛される存在であることは、日奈子の願いでもある。

「美鈴にアンバサダーを引き受けてもらえたのも大きいな。彼女は世界的なインフルエンサーだから、海外からの客を直接宮古島に呼び込むことが期待できる」

「鳳さま、すごい方だよね……」

彼の口から美鈴の名が出たのにつられて、日奈子は思わず呟いた。宗一郎が眉を上げた。

「気になるか?」

「……え⁉ わ、私はべつに……」

図星をつかれて日奈子はしどろもどろになってしまう。

　宗一郎が肩をすくめた。

「彼女はただの友人だと言っただろう？　学生時代にサークルが一緒だった。でもお互いにそれ以上の感情はない」

　日奈子は思わず問いかけた。

「縁談の話がある……ってわけでもないの？」

　宗一郎がふっと笑った。

「まだネットの情報を鵜呑《うの》みにしてるんだな、本当になにもないよ。彼女との噂をそのままにしてるのは、ちょっと込み入った事情があるからなんだ。彼女は特殊な立場だから、それをここで話すわけにはいかないが、本当に特別な関係じゃない。もしそうなら日奈子にプロポーズしてない」

　きっぱりと言う彼に、日奈子はほっと息を吐く。彼がここまで言うのだから、これが真実なのだ。彼はこんな風に嘘をつく人ではない。

　学生時代からの友人なら、お互いに名前で呼び合っていても不自然ではないだろう。

　宗一郎が目を細めた。

「一週間、連絡しなくて悪かった」

「そ、それはべつに珍しいことじゃないし」

最近のふたりのメッセージのやり取りは、遅番の日の事務連絡が中心だ。役員である彼は、ホテルのデータベースへアクセスして日奈子のシフトを確認することができる。たいていは遅番の日の何日か前に、迎えに行けるかどうかのメッセージが入る。彼が来られない時は必ずタクシーを使えという小言つきだ。

でも今日はメッセージが届かなかったから、もう以前の関係には戻れないのだと日奈子は思っていた。

「レセプションの準備にかかりきりで、日奈子の遅番を今朝まで見落としていた。まぁ、それだけじゃなくて落ち込んでいたっていうのもあるが」

彼の言葉に日奈子は首を傾《かし》げる。

「落ち込んで……？」

「ああ、日奈子にフラれたからな」

「フッ、フラれ……!?」

目を剥《む》く日奈子に、宗一郎がやや不満げな声を出した。

「なんだ、間違いじゃないだろう？」

それはそうかもしれないが、美鈴と並んでもまったく見劣りしなかった彼ほどの人物には、そぐわない言葉のように思えた。

宗一郎がソファに身を預けた。

「日奈子に対する想いに気がついてから、俺は日奈子を混乱させないように細心の注意を払って、自分の気持ちを隠し続けてきた。日奈子が元気になるまで、何年でも待つつもりだったのに……」

彼はそこで言葉を切ってため息をついた。

「焦って言ってしまったんだ。……俺の人生の中で、こんな失敗ははじめてだ。その上バッサリフラれたんだから、落ち込むのも無理はないだろう？　だから今日はやり直しをさせてもらおうと思ってここへ来てもらった」

やり直しなどという言葉を口にする彼に、日奈子は困って口を開く。

「やり直しなんて……」

そんなことをしても結論は変わらない。ふたりの立場は変わらないのだから。それよりも、また彼につらい言葉を言うのは嫌だった。

宗一郎が身体を起こして、膝の上の日奈子の手に自らの手を重ねた。

「諦めの悪い男だと思うか？　だがあのひと言で、引けるわけがないだろう。自分の気持ちに気がついたのは一年前だが、その前からずっと、記憶にある限り俺は日奈子を大切に思ってきたんだから」

「宗一郎さん……」

日奈子の視界がじわりと滲《にじ》む。

兄のような存在として、彼はいつも日奈子を慈しみ大切にしてくれた。親戚がおらず母ひとり子ひとりだった日奈子が、幼少時代、寂しい思いをすることがなかったのは彼の存在が大きかった。

「結婚……できなくても、私にとっても宗一郎さんが大切なことに変わりはないよ。誰よりも……これからもずっと」

きっぱりと断るなら、きつい言葉を口にするべきだろう。少しも望みがないと伝えるべきだ。でも今まで彼が日奈子してくれたこととふたりの幸せな思い出を、否定するようなことは言いたくなかった。

宗一郎が目を細めてわずかに微笑む。そしてすぐに、切実な色を浮かべた真剣な眼差しを日奈子に向ける。

「だから日奈子、もう一度考えてみてほしい。俺に、チャンスをくれ」

「チャンス……?」

彼は頷き、重ねた手に力を込めた。

「一度は断られたんだ。日奈子のためを思うなら、兄としての自分に戻るべきだとわかっている。だけど男として日奈子を愛する気持ちは俺の中で一生消えない」

強い言葉に、日奈子の胸が熱くなった。これほどまでに深く愛されているのだと改めて衝撃を受ける。生まれた家柄だけでなく、実力や教養もなにもかも、釣り合いの取れないふたりだというのに。

一方で、『愛する気持ちは一生消えない』という言葉自体は、大袈裟だとは思わなかった。誰かを愛する気持ちがどれほど狂おしいものなのか、日奈子はよく知っている。日奈子だってどうしても消えない彼への想いに長く悩まされてきたのだから。

「俺は今まで日奈子に兄としての顔しか見せてこなかった。一度でいいから、男として日奈子を愛したい。日奈子はそれを見た上で、男として俺を愛せないかをもう一度考えてみてほしい」

「もう一度……。でもそんなこと……」

「無駄か？」

尋ねられて、答えられずに口ごもる。

無駄だというならそうだろう。日奈子はもうすでに彼を愛している。それでもその愛に応えるわけにいかないのだから。

「そうじゃなくて……」

「日奈子、頼む」

懇願するように彼は言って、重ねた手に指を絡める。そして日奈子をジッと見つめたままそこにキスを落とした。

「日奈子、愛してるよ。必ず幸せにする」

熱い言葉と真っ直ぐな眼差し、ほんの少しだけ触れた彼の唇の感触が甘い痺れとなって日奈子の身体を駆け巡った。胸が痛いくらいに高鳴って、止められなくなってしまう。

愛する人にこんな風に愛を乞《こ》われて、拒否できる人がこの世に存在するのだろうか？

「愛してる、一生大切にする」

絡んだ指を解くことも拒否の言葉を口にすることも、どうしてもできなかった。

目を伏せてほとんど無意識のうちに、ゆっくりと頷いた。

＊＊＊

白い外壁のマンションの三階の窓、水色のカーテンから日奈子が顔を出したのを確認して、宗一郎は車を発進させた。

幾度となく通った道を自宅へ向かって車を走らせる。どこか胸が浮き立つのを感じながら。

日奈子が宗一郎との関係に、猶予期間を設けることに同意した。目を伏せてこくんと頷いた時のほんのりと染まる頬に、ここまでの喜びを覚える自分はつくづくめでたい奴だと思う。

一度は断られたのだ。なんとかスタートラインに立てただけで、マイナスからのはじまりだとわかってはいる。

それでも走りだすこの気持ちを、止めることはできなかった。

——だがそれは仕方がないことだった。宗一郎は、それほどまでに深く日奈子を愛しているのだから。

彼女の母、鈴木万里子が日奈子を連れて九条家へ来たのは、宗一郎が八歳の時だった。

九条家の屋敷で住み込みで働く家政婦にシングルマザーを雇うのは異例中の異例のこと。父ははじめ反対したが、九条家において絶対的な存在で、人を見る目が備わっていた富美子の決定に逆らうことはできなかった。

結果その選択は正しかったと言えるだろう。鈴木万里子は、気難しい富美子をよく支え、彼女への接し方に悩んでいた両親のよき理解者となった。

それまではどこかギスギスしていた九条家がその後も穏やかな関係でいられたのは、万里子の功績だと宗一郎は思っている。

そして娘の日奈子もまた九条家を明るくする存在だった。コロコロとよく笑う可愛らしい彼女に、父と母はもちろん富美子でさえも虜《とりこ》になって、彼女を本当の家族のように可愛がった。

そしてそれは宗一郎も同じだった。ひとりっ子で、小さな子供を見慣れていなかった宗一郎の目に、当時一歳の日奈子ははじめは珍しく映った。宗一郎を『とーくん』と舌足らずに呼びながら、よちよちと後をついてくる様子に心奪われ、次第に宗一郎にとってなくてはならない存在になっていった。

おそらくそれはただ彼女が可愛かったというだけでなく、宗一郎の特殊な育ち方が関係している。当時、宗一郎に対する富美子の英才教育が本格化していたからである。

富美子は、宗一郎の父である宗介には経営者としての才覚は備わっていないと考えていた。一方で、孫の宗一郎はホテル九条のトップに立つ器があるとよく言っていて、『宗介、お前は、会社を傾けることなく宗一郎に引き継ぐことを目標としなさい』と息子に命じていた。

　そして宗一郎に対しては厳しい英才教育を施した。

『宗一郎、お前にホテル九条の将来がかかっている。常に完璧を求め努力し続けることを忘れずに』

　幾度となく言われた言葉だ。

　祖母から彼女流の帝王学を受けたことは今となっては感謝している。あの日々がなかったら、ここ数年の会社の業績回復はなかっただろう。

　でもその当時は、両親にも口を挟ませない祖母のやり方を、つらいと思うことが多かった。

　学校のテストは必ず満点でなくてはならず、ケアレスミスも許されない。それでいて、一切褒めてもらえることはなかったのだ。

　学校が終わると即習い事へ向かうという日々の中で、わずかな日奈子との時間が宗一郎を癒《いや》した。

『宗くん、すごいねえ』

　彼女はいつもそう言って、大きな目をキラキラさせて宗一郎を見るのだ。

　たいていは、たわいもないことだ。パズルを手伝ったとか、独楽《こま》回しを教えたとか。

でもそうやって彼女に全力で肯定してもらえることが、当時の宗一郎にとっては必要不可欠なことだった。日奈子の存在なしには、あの時期を乗り越えられなかっただろう。

とはいえ、ふたりがある年齢に達するまでは、彼女に対する気持ちは歳の離れた妹に対する愛情だったことは間違いない。日奈子が誰かと付き合うなら絶対にいい加減な男は許さない、俺が選ぶと思っていたくらいだから。

そんな自分が日奈子を女性として愛していると気がついたのは、彼女の母が亡くなった後だった。

万里子の死は日奈子だけでなく、宗一郎にも大きな喪失感をもたらした。厳しすぎる祖母からの仕打ちを陰でフォローしてくれていたのは、万里子だったからだ。

もうひとりの母というべき存在を失った寂しさは言葉では言い表せない。だがそれよりもつらかったのは、悲しみに打ちひしがれる日奈子の姿を見ることだった。

もう一度彼女が心から笑える日がくるならば、なにを引き換えにしてもかまわない。そのために人生をかけろと言われたら喜んでその通りにする。

なにより決定打となったのは、日奈子を心配した両親の会話だった。

『ひなちゃんさえよければ、このまま家の養子になってもらいましょう。いずれは結婚するでしょうから、私たちの子として、しっかりとしたお相手を探すのはどうかしら？』

『うーむ。その話には賛成だが、ひなちゃんを任せる相手なら相当慎重に選ばなくてはならないからな……』

人のいい両親らしい意見だが、それに宗一郎は、強い拒否感を抱いた。

日奈子が自分ではない男と生涯をともにするなど絶対にあり得ない話だ。彼女の隣にいるのは自分であるべきだという強い思いが胸を貫いた。

——自分は日奈子を女性として愛している。

いや愛しているという言葉では言い表せないほど深く大切に思っている。

とりあえず宗一郎は、〝今はまだその時ではない。彼女を混乱させないためにその話は自分がいいと言うまでは待て〟と両親に告げて、思いとどまらせた。

そして慎重に彼女を見守ってきた……。

ホテル九条本社ビルからほど近い自宅マンションの地下駐車場に着き、宗一郎は車を降りる。高層階専用エレベーターに続くドアに鍵をかざすと静かに扉が開いた。

自分はともかく日奈子もこのくらいセキュリティの高いマンションに住んでほしい

と切に願う。ひとり暮らしをしているだけでも心配だというのに。

彼女が九条家を出たのは、もちろん九条家で働いていた母親が亡くなったからだろう。家政婦として雇われているわけではない自分が屋敷に住むべきではないと言っていた。

九条家にとってもはや彼女は従業員の娘という存在ではない。だから出ていく必要はないと、両親と宗一郎がいくら止めても、日奈子の決意は揺らがなかった。結局、両親は月に一度は屋敷に顔を見せるという条件で了承した。

宗一郎も彼女の家と行き来しやすく、かつ本社に近いこのマンションでひとり暮らしをすることにした。もちろん、日奈子の安全を見守るためである。

高層階の自分の部屋に入り、宗一郎はテーブルに鍵を置く。ソファに腰を下ろして、さっきまでこの場所にいた日奈子のことを思い出す。

兄として接してきた日々の中で、彼女が宗一郎をどう見ているかは未知数だった。

そもそも母を亡くしてからの彼女は、ほとんど笑わなくなってしまったのだ。

もちろん仕事中はスタッフとしてにこやかに、一流のもてなしをしている。だが彼女のトレードマークだった太陽のような笑顔は、まったく見られなくなってしまった。それどころか、いつも外の世界から一歩引いて間に壁を作っているように感じられ、それがなによりつらかった。

……一週間前の想定外のプロポーズは、かなりまずい伝え方だったと自覚している。宗一郎にとっての人生最大の大失態だ。

普段は常に冷静沈着であることを心掛け、巨大な企業を率いるリーダーとして、間違った判断をしないよう、感情の起伏は抑えているというのに。

そのいつもの自分ならあり得ない失敗の原因は、あの時彼女が口にした『天涯孤独』という言葉だった。

誰よりも慈しみ大切にしてきた彼女の、あまりにも痛ましいひと言が、宗一郎の胸を刺し冷静さを奪っていった。

結婚という、明るい未来を語っているはずなのに、まるでなにかから逃げるように自暴自棄になっている日奈子を見ているうちに、気がついたら想いを告げてしまっていた。

結果、彼女を混乱させるという今まで一番避けてきた事態に陥ってしまっている。今までの忍耐と努力が水の泡になってしまったのだ。

――だがこうなったら、もう後に引くわけにいかなかった。

深いため息をついて目を閉じると、久しく目にしていない宗一郎が大好きな日奈子の笑顔が浮かび上がる。

彼女を幸せにできるのは、この世界に自分しかいないのだという確かな思いが胸に広がった。

——絶対にあの笑顔を取り戻す。この手で彼女を幸せにする。

宗一郎はそう決意して、ゆっくりと目を開いた。

3、動きだした心で

ピリリリと携帯のアラーム音が鳴ったのを聞いて、日奈子は寝返りを打つ。うっすらと目を開くとカーテンの隙間から明るい光が差し込んでいる。

時刻は午前九時、今日は休みでとくに予定はないけれど起きるべき時間だ。

本当はまだ寝ていたい。一週間よく働いた上に、昨日はレセプションもあったから、身体の疲れが取れていないのだ。

——でも。

『日奈子は本当にお寝坊さんなんだから』

生前の母の言葉を思い出し、日奈子はむくりと起き上がった。目をこすりながらベッドを出て、ふらふらとキッチンへ行き、朝食の準備をはじめる。

母が生きていた頃に、よく作ってくれたカボチャのポタージュだ。ノートにレシピが書いてあり、今は自分で作っている。

温めて座卓で啜《すす》っていると少しずつ頭がはっきりとしてきて、昨日の宗一郎との出来事が頭に浮かんだ。同時に、チェストの上の母の写真を見て心がずんと重くなった。

昨夜は、間違った選択をしてしまった。一夜明けて、こうして明るい中で母の写真を見ると、自分がどうすべきだったかはっきりとわかるのに。

やっぱり今からでも断らなくてはと日奈子は思う。

彼を傷つけたくはないけれど……。

そんなことを考えながらスープを飲み終えて流しに置いた時、玄関の呼び鈴が鳴った。モニターで確認すると、宗一郎だった。

「宗一郎さん、どうしたの？」

驚いてモニター越しに尋ねると、彼は眉を寄せた。

『やっぱり携帯を見てないんだな。今日は休みだから今から行くとメッセージを入れたのに』

とりあえずオートロックを解除して、上がってきてもらうことにする。その間に日奈子は携帯を確認する。

確かに彼が言う通り、【今から行っていいか？】というメッセージが入っている。

でも用件は書いていなかった。

着替えている時間はないから、日奈子はとりあえずカーディガンを羽織ることにする。チェストから出そうとして、上に置いてある写真とノートが目に留まった。しばらく考えてから一番上の引き出しにふたつともしまった時、再び呼び鈴が鳴った。

宗一郎が部屋までやってきたのだろう。

「はい」

がちゃりとドアを開けると、宗一郎が渋い表情になった。

「いきなり開けるな。ちゃんと相手を確認してからにしろ」

「でもさっきモニターで確認したじゃない」

「俺以外にも中に入れる住人がいるだろう」

もはやそのまま説教しそうな勢いである。日奈子は慌てて招き入れた。

「と、とりあえず、中に入って」

ふたりは狭いキッチン兼廊下を抜けて、部屋へ入る。

「お茶、淹《い》れるね。宗一郎さんは座ってて」

彼は座卓の前にベッドを背にして座った。今日はスーツではなく普段着だった。麦茶を入れたコップを座卓に置いて日奈子も隣に座り、問いかけた。

「宗一郎さん、どうして来たの？」

送り届けるために彼がマンションへ立ち寄るのはしょっちゅうだが、休みの日にやってきたことはない。しかも午前中に来るなんて引っ越しを手伝ってもらって以来のことだ。

「俺も今日は休みなんだよ。メッセージに入れただろう?」

宗一郎が答えるが、日奈子はそれでは納得できなかった。知りたいのは、どうして休みの日にわざわざ来たのかということだ。

常に過密スケジュールの彼にとって、まる一日休みだというのは珍しいことに違いない。それなのに、そんな貴重な日の朝早くにやってくるなんて。

「……なにかあったの?」

心配になって日奈子は尋ねる。

わざわざ会って言わなくてはならない重大ななにかが発生したのだろうか。

例えば、九条夫妻になにかあったとか……?

深刻なことを思い浮かべる日奈子とは裏腹に、宗一郎が気楽な調子で肩をすくめた。

「べつに、なにもないけど」

「なにもないって、じゃあ……どうして? こんなに朝早くに」

「どうしてって……。日奈子に会いたいからに決まってるじゃないか。たまの休みを、好きな人と過ごしたい。ただそれだけだよ。……まさか日奈子、俺の告白を忘れたわけじゃないだろうな? 二回も言ったのに」

呆れたように宗一郎が言う。

日奈子は慌てて口を開いた。

「わ、忘れてなんかないよ……！　だけど……」

と、そこで口を噤《つぐ》み考える。そして好きな人と一緒にいたい、顔を見たいということがあたりまえの感情なのだと気がついた。

……遥か昔の記憶だが、日奈子にもそんな時があった。

大学生になった宗一郎があまり屋敷に帰らなくなって、それを寂しく思っていた。

でもその気持ちが恋だと気がついてからは、逆のことを考える癖がついたのだ。

格差のある結婚を望まない母の思いに反することだから。

なるべく宗一郎と顔を合わせないようにして、考えないようにして、恋する気持ちがこれ以上大きくならないように、一生懸命押し殺していた。

そうしないと、気持ちを止められなくなってしまうから。それこそ青いノートのメッセージを見てからは、彼と会うのが怖いとすら思うようになったのだ。

日奈子にとって恋とはずっとそういうものだった。

でも複雑な事情がなければ、宗一郎の言うことの方が自然だ。

「……そうか、そういうもんだよね」

思わずそう呟くと、宗一郎が驚いたように日奈子を見て瞬きをする。そして次の瞬間噴き出した。そのままくっくと肩を揺らして笑っている。

「宗一郎さん？」

「いや、安心したよ。日奈子に今好きな奴がいないっていうのは本当みたいだ」

恋する気持ちの基本的なこともわからないのが、好きな相手がいない証拠だと思ったようだ。

「だけど、別の意味で不安になってきた」

「……別の意味で？」

「ああ。そもそも日奈子に〝兄に対する好き〟と、〝男に対する好き〟の区別がつくのかなって。……俺はもしかしたら、不可能なことに挑戦しようとしてるんじゃないかって気になってきた」

そう言って宗一郎はまだ笑っている。

からかうような言葉に、日奈子は思わず言い返す。

「わっ……わかるよ！　そのくらい」

宗一郎が疑わしいという表情になった。

「どうかな。全然説得力がない。だいたい日奈子、恋をしたことがあるのか？　まさか初恋もまだなんじゃないだろうな？」

「失礼な、恋の経験くらいあります！　……一度だけど」

そう言って頬を膨らませる。

日奈子の初恋はもちろん宗一郎だ。それを言うわけにはいかないが、二十六歳にもなって恋をしたことがないと思われるのは癪《しゃく》だった。

宗一郎が目を細めた。

「へぇ……。いつ？」

追及されて、どきりとする。詳細を話すわけにはいかないからだ。

「えーっと……。その……ちゅっ、中学の時……」

「中学……俺が知る限り、そんな素ぶりはなかったけど」

「そ、そんなの人にべらべらしゃべるわけがないじゃない。えーと、通学路でよく見かける違う学校の人。そのうち会わなくなってそれっきり」

一生懸命考えて口から出まかせを言うと、彼はもう一度疑わしそうな表情になったものの、一応納得した。

「とにかく、そういう理由で俺は来た。日奈子、今日の予定は？」

「予定は……とくにない」

話題が変わったことにホッとしつつ、気まずい思いで日奈子は答えた。

日奈子にとって、休みの日は恐怖だった。

母を亡くしてからなにかをやりたい、どこかへ行きたいという気持ちが一切なくなってしまったからだ。時々、莉子や学生時代の友人から誘われて出かけることはあるけれど、それ以外はたいてい家でひとりで過ごしている。

それはとてもつらい時間だった。

九条夫妻と宗一郎からはちょくちょく連絡が入るから、気にかけてくれているのはわかっていても、本当の肉親がいなくなることがこんなにも心細いものだとは思わなかった。

なにもしないでひとりでいると否が応でも、〝もう母はいない、これからはずっとひとりで生きていかなくてはならない〟と思い知らされるからだ。

だったらなにか趣味を見つけて、どこかへ出かければいいじゃないかと思うけれど、なにもする気になれないのだからどうしようもなかった。

ホテル九条は、業界内で従業員の職場環境がトップクラスと言われている。宗一郎が副社長に就任してからは、従業員の有休消化率は九十パーセントを超え、離職率は大幅に減少した。それは日奈子の誇りでもあるけれど、しっかり休みを取れることだけは、ありがたいと思えない。日奈子にとってはずっと働いている方が楽だからだ。

「予定がないなら、俺が一緒にいてもいいか?」

宗一郎が尋ねる。

「それは……」と言って日奈子は口ごもった。

本当なら断るべきだとわかっている。なんならそのまま昨夜の話はなしにするとも告げるべきだ。

でもそうして彼を追い返してしまったら、日奈子は今日一日、この部屋で孤独でつらい時間を過ごさなくてはならなくなる。

興味のないネットニュースや雑誌を何時間もぼんやりと眺め、ただ日が沈むのを待つだけだ。

彼をジッと見つめたまま日奈子は沈黙する。それを、宗一郎は別の角度から捉えたようだ。ふっと笑って口を開いた。

「大丈夫、なにもしないよ」

言葉の意味がいまひとつ理解できず、すぐに反応できないでいると、宗一郎が安心させるように微笑んだ。

「日奈子が俺を男として見られるまで、手は出さない」

そこまで言われてようやく日奈子は、宗一郎の言いたいことに思いあたる。

「あ……そういう意味……」

呟くと、途端に頬が熱くなっていく。とても宗一郎の口から出た言葉とは思えなかった。

『男として見られるまで、手は出さない』

わざわざ約束するということは、彼は手を出したいと思っているということか。

「そんな心配をしたわけじゃないんだけど……」

もごもご言ってうつむくと、それを見た宗一郎が眉を寄せる。そして眉間を指で押さえて、はーっと深いため息をついた。

「男と密室でふたりきりで過ごすのに、まったくそういうこと考えなかったのか……。あまりにも危機感がなさすぎる……」

「危機感って……！　だって相手は宗一郎さんじゃない」

「ああ、そうだ」

宗一郎が眉間の指を離して日奈子を見た。

「日奈子を愛してると、はっきり口にした男だ」

「つっ……！」

その言葉と視線に日奈子は言葉に詰まってなにも言い返せなかった。

鼓動がドキドキとスピードを上げていく。顔と耳まで真っ赤になっているのが自分でもよくわかった。

宗一郎が柔らかく微笑んで、日奈子の頬にそっと触れた。

「怖がらせるつもりはない。さっき言った通り、俺は日奈子がいいと言うまで絶対に手を出さないよ。だけどまったく前と同じじゃ意味がないからな、少しは意識を変えてもらわないと。なにも予定がないなら俺に時間をくれ」

頬の温もりから感じる甘い痺れに、もうなにも考えられなくなってしまう。

――今日一日だけだから。

日奈子は自分に言い訳をして、そのままこくんと頷いた。

脱衣所でパジャマから普段着に着替えて出てくると、ラグに座りタブレットを見ていた宗一郎が顔を上げて微笑んだ。

「今日はどうする？　どこか行きたいところがあれば連れていくし、家でのんびりしたいならそれでいいし」

「行きたいところは……とくにない。昨日レセプションでちょっと疲れちゃったし」

言い訳をするように日奈子が言うと、宗一郎は頷いた。

「確かにな。じゃあ、のんびりしようか。疲れたならもう少し寝たら？」

「い、いいよ、眠くはない」

さっきまでの眠気は彼の来訪で吹き飛んでしまった。いつもはひとりぼっちで過ごしているこの空間に彼がいることが、なんだか不思議な気分だった。

本気で彼はここで一日過ごすつもりなのだろうか。

日奈子が知る限り、小さい頃から彼はいつも多忙だった。学生時代は部活や塾ばかりだったし、それは休日も同じだった。

別々に住むようになってからのスケジュールは知らないが、副社長として尋常じゃない忙しさなのは知っている。それなのになにもしない日奈子の休日に付き合うなんて、なんだか申し訳ない気分だ。

所在なくベッドに座ると、宗一郎が首を傾げた。

「もしかして、俺、邪魔か？　いられると困る？」

「そうじゃないけど、でもなんか変な感じがして。だって本当に私予定ないし。宗一郎さんはいつも忙しいのに、ぼーっとしてる私に付き合わせるの申し訳ないような気がして……」

「さっきも言ったじゃないか。俺は日奈子と過ごせればそれでいい。それが俺にとって最高の休日の過ごし方だ」

そう言って柔らかく微笑んだ。

「な……ならいいけど」

日奈子への気持ちをストレートに言葉にする宗一郎に、日奈子の鼓動がスピードを上げていく。

ダメだダメだと自分自身に言い聞かせても止めることができなかった。宗一郎が自分を好きだというこの状況には、いつまでも慣れそうにない。

「日奈子、いつも休みの日はなにをしてるんだ？」

「え？　いつもは……えーっと……」

ただぼーっとしているだけとも言いたくなくて日奈子は考えを巡らせる。あることを思いついて口を開いた。

「あ、そうだ。こういうのをやってることが多いかな」

ベッドの下に入れてある籠《かご》を引き出して彼に見せる。

中には、ビーズアクセサリーや、毛糸、フェルトなど手作りのアクセサリーなどが作れるキットと材料と道具がぎゅうぎゅうに詰まっている。

昔から日奈子は、編み物やアクセサリー作りなどの手仕事が好きで、学生時代はよく作った。だから母を失った寂しさが紛れるかと思い、これらを買い込んだのである。つらい休日を乗り越えるために、あれこれやろうとしてみたが、あまりうまくいかなかった。どれも手つかずか、あるいは少しやりかけただけでそのままになっている。

「ここにあるのは、これからやってみようかなーと思って買った分」

「そういえば日奈子は小さい頃からなにか作るのが好きだったな」

そう言って、宗一郎が籠の中身を座卓の上に出しはじめた。

「いろいろあるんだな」

ビーズ編み、レジンアクセサリー、羊毛フェルト……。母を亡くす前ならば、きっと楽しんでやったであろうものばかりだ。が、今見てもやっぱりどれもやる気にはなれなかった。

もともと手作りは母と一緒にはじめたものだったのだ。やろうとすると母を思い出してつらい気持ちになってしまう。

座卓の上の材料から目を逸らして日奈子はそんなことを考える。

すると宗一郎がそんな日奈子をジッと見つめて、少し考えてから口を開いた。

「じゃあ俺もやってみようかな。これなら俺にもやれそうだ」

その言葉に、日奈子が顔を上げると、彼は手に『羊毛フェルトで作る柴犬セット』を持っている。

日奈子は驚いて問いかけた。

「え？　宗一郎さんがやるの⁉」

「ああ、ダメか？　たくさんあるから、ひとつくらい、いいかと思ったんだが。柴犬は譲れない？」

「そんなことはないけど……」

キットはやりきれないほどたくさんある。柴犬の羊毛フェルトはいつ買ったのか、覚えていないくらいだ。でも。

「宗一郎さんがやるの？　本当に？」

「ああ、もちろん。所用時間一時間か、ちょうどいいな」

呟いて、宗一郎はさっそくキットを開けている。

キットの中には、ひと通りのものが揃っていて、それだけで完成できるようになっている。説明書を一読した宗一郎はさっそく作りはじめる。

真剣な表情で座卓の上でチクチクとフェルトを刺す姿は、どう考えてもおかしかった。昨日は、大勢の報道陣を前に全世界に向けて新規事業をアピールしていた人が、今はチクチクとフェルトを刺しているなんて。

だけどその手を見つめているうちに、日奈子の心が少し動いた。面白そう、やってみたいという気持ちになる。

「私もやってみようかな」

呟くと、宗一郎がこちらを見て微笑んだ。なにも言わずにまた手を動かしている。

日奈子は山盛りになっている袋をかき分けて『羊毛フェルトで作るオカメインコセット』の袋を手に取った。

手作りはいろいろやった日奈子だけれど、羊毛フェルトははじめてだ。説明書通りにやっているはずなのに、なかなか思い通りにならなかった。

青くて可愛いオカメインコになるはずが、なんだか妙な生き物になっていく。どうしてだろうと首を傾げながら、正面にいる宗一郎の手元を見て、思わず声をあげてしまう。

「え、どうして?」

彼の方はちゃんと柴犬になっている。彼だってはじめてのはずなのに。

「なに?」

宗一郎が手を止めた。

「宗一郎さんの方は、ちゃんと柴犬に見える！」

どちらかというと柴犬の方が難しそうなのに、ちゃんとそれらしくなっているのが驚きだ。

だけどそういえば、と日奈子は思い出す。小さい頃から彼はパズルや、独楽回しなどなんでも器用に教えてくれた。歳上だから、上手にできたというのもあるだろうが、もともとなんでもそつなくこなすことができるのだろう。

「柴犬に見えるって……。あたりまえだろう、柴犬を作ってるんだから」

「だけどはじめてなんでしょう？　柴犬、可愛い……」

日奈子の頬に自然と笑みが浮かんだ。

「はじめてでこんなに上手にできるなんて、やっぱり宗一郎さんって、すごいのね」

にっこりとして彼を見ると、宗一郎が目を開いた。そのままフリーズしている。

「宗一郎さん？」

尋ねると日奈子から目を逸らし、咳払《せきばら》いをした。

「いや……。ちょっと、用事を思い出した。一件電話をかけてくる」

そう言って部屋を出ていった。

少し意外な彼の行動に、日奈子はできかけの柴犬を見て首を傾げる。

それにしても彼の柴犬は上手だ。日奈子の方が手作り歴は長いのだから、これは負けていられないぞ、と気合いを入れて、オカメインコを再びチクチク刺しはじめた。

「今日は暖かいな、歩くのにはちょうどいい」

秋晴れの空を見上げて、宗一郎が気持ちよさそうに目を細める。ふたり、大通りのコンビニを目指して歩いている。

結局あれから午前中いっぱいを羊毛フェルトに費やした。チクチク刺すだけと思っていた羊毛フェルトはやってみると意外と難しくて奥が深い。

宗一郎の柴犬は予想通り素晴らしい出来だった。

一方で、日奈子のオカメインコは……こちらも予想通り上出来とはいかなかった。いくらやっても鳥らしくはならず、なんと言っていいかわからない青い生物に仕上がった。

とはいえ少しコツを掴んだような……掴んでいないような。オカメインコはとりあえず諦めて次は羊にチャレンジしてみよう、そう思ったところでお腹がぐーっと鳴ったのである。

昼食を調達しにふたりは大きな通り沿いにあるコンビニを目指して歩いている。

「コンビニなんて久しぶりだな」

車道側を歩く宗一郎の呟きを聞きながら、日奈子は不思議な気分になっていた。いつもなら永遠にも思えるほど長く感じる休日の午前中が、あっという間だったからだ。

しかもお昼に、お腹が空いている。

普段の休日はとくになにもしないから、お腹が減らなくて、昼食を抜くことも珍しくないというのに。

でも今はお腹はぺこぺこ、太陽の光を浴びているのが気持ちいいと感じている。なんだか昼食を買って帰って家の中で食べるのが、もったいないような気分にさえなっている。こんな風に思うのは、ずいぶん久しぶりだ。

「家に帰って食べるのが、惜しいくらいの天気だな」

日奈子の心を読んだようなことを言う宗一郎に、日奈子は驚いて足を止めた。

宗一郎が首を傾げて振り返った。

「どうかした？」

「ううん、私も同じことを思ったから」

「そう、なら外で食べるか？　コンビニじゃなくて店に入る？」

「だけど私、この辺りのお店を知らなくて……」

またふたりは歩きだす。そんなことを話しているうちに、コンビニに着いた。中に入る前にガラスに貼ってある、あるチラシに宗一郎が目を留めた。

「日奈子、今日この先の公園でハンドメイドマーケットをやってるみたいだ」

「え？　ハンドメイドマーケット？　……本当だ」

ハンドメイドという言葉に興味をそそられて、日奈子は貼り紙をじっくり見る。

どうやら地元の商店街の催し物で、キッチンカーやストリートミュージシャンも参加する、ちょっとしたお祭りのようだ。

「楽しそう……」

日奈子の口から自然とそんな言葉が出た。

ハンドメイドマーケットには、高校時代手芸部に所属していた頃に、日奈子も友人と出店したことがある。自分の作ったものが売れていくのも嬉しかったが、他の出品者の作品を眺めるのも楽しかった。中には手作りとは思えないようなものもあったから、出品者に作り方を尋ねたりして……。

「じゃあ、行ってみよう。ここから近いみたいだし」

宗一郎が日奈子の手を取り、コンビニには入らずに方向転換する。

「確か公園はあっちだったな」

歩きだす彼に、目を丸くしつつ、ついていきながら日奈子は彼に呼びかける。

「ちょっと宗一郎さん！」

「キッチンカーが出てるから、昼ごはんは公園で食べればいいよ」

マーケットへ行くのも昼ごはんを向こうで食べるのも賛成だが、日奈子が言いたいことはそれではない。

「そうじゃなくて……！」

「どうかしたか？」

宗一郎が足を止めた。

「えーと……」

言いながら日奈子は繋いだ手に視線を送る。

自分の手を包み込む大きな手の温もりに、心臓がドキドキと大きな音を立てていた。弾みで繋いだ手がそのままになっていると知らせたい。けれどどう言えばいいのかわからなかった。

日奈子の視線を追いかけて、手元を見た宗一郎には言いたいことが伝わったようだ。

彼は繋いだ手を少しだけ上げた。

「嫌？」

「い、嫌じゃないけど……」

宗一郎と手を繋ぐのが嫌なわけがないけれど、でもこんな風に男性と手を繋いで街を歩いたことなどない日奈子には刺激の強すぎることだった。

「だって、手は出さないって言ったのに……」

もごもご言うと、宗一郎がくっくと肩を揺らして笑いだした。

「手を繋ぐくらい〝手を出す〟うちに入らないだろう」

「なっ……！」

「日奈子、〝手を出す〟の意味わかってるのか？」

からかうように彼は言う。

日奈子は頬を膨らませた。

「わ、わかってるよ！　今はちょっといきなりだったから、びっくりしただけ」

慌てて日奈子は言い訳をする。

手を繋ぐことが手を出すうちに入らないとは意外だが、とりあえず話を合わせておくことにする。

「公園の方は人通りが多くなるからはぐれないようにと思ったんだ。日奈子、楽しいものを見るとすぐにふらふら離れていって迷子になるから。だけどどうしても慣れないならもちろん離すよ。約束を破って〝手を出した〟と思われるのは困るし」

まるで小さな子供を相手にしてるように宗一郎が言う。

日奈子は少しムキになって口を開いた。

「やっぱりこのくらいは大丈夫。宗一郎さんと手を繋ぐなんてべつにはじめてじゃないし」

そう言って歩きだすと、宗一郎が「そう？」と楽しげに笑った。

公園に着くと、まずはキッチンカーで食事をとることにした。

ガパオライスとポテトフライ、デザートに冷やしリンゴ飴《あめ》をテイクアウトして、芝生広場のベンチに座る。

吹き抜ける風が心地よかった。こんな風に外で食事をするのはずいぶん久しぶりだ。

「いただきます」

日奈子は手を合わせて、ライスの上の目玉焼きを崩して下のひき肉を絡め、ぱくりと口に入れる。

「美味しい」

素直な言葉が口から出た。そのままスプーンが止まらなくなる。午前中、羊毛フェルトに集中したからお腹はぺこぺこだ。

一方で、宗一郎は自分はすぐに食べずに日奈子を見つめている。

日奈子は首を傾げた。

「宗一郎さんは食べないの？」

「いや、食べるよ」

手を合わせて、彼も食べはじめた。

「へえ、俺ガパオライスってはじめて食べたけどうまいもんだな」

「ね、すごく美味しいいんだね」

ピリッと辛いひき肉と卵の黄身が絡んで、エスニック料理だけど食べやすい。あっという間に半分ほどがなくなった。

「日奈子も食べるのははじめてか？」

宗一郎に尋ねられて、日奈子はスプーンを持つ手を止めて瞬きをした。

「……ううん、はじめてじゃない」

それどころかすでに何度も口にしたことがある。同僚の莉子がアジアン料理好きだからだ。一緒に出かけた際、店選びを任せるとたいていはそういうお店になる。一カ月前にも誘われて、ＳＮＳで評判のタイ料理カフェに行った。その時もガパオライスを注文したのを思い出す。

「……でもこんなに美味しく感じるのははじめて」

自分で自分に驚きながら日奈子は言う。

美味しく感じるのがはじめてというより、今はじめてガパオライスを食べたように思えるくらいだった。

正直言って、莉子と行ったカフェで食べたガパオライスは、どんな味だったかも思い出せないくらいだ。

宗一郎が眉を上げて、キッチンワゴンを見た。

「うまい店が来てたのか。もしくは外で食べてるからかもしれないな」

「……かもしれないね」

答えながら、でもきっとそれだけではないと日奈子は感じていた。

莉子と行ったタイ料理カフェも味がいいので有名で、実際舌に肥えているアジアン料理通の彼女が大絶賛していたのだから。

その味を楽しめなかったのは店側ではなく、日奈子側に理由があるのは間違いない。

……そもそもこんな風に食事を楽しむことも久しぶりだ。

ふたりが座るベンチの上にはガパオライス以外にも、山盛りのポテトフライと冷やしりんご飴が並んでいる。いい香りをさせるキッチンカーを見ていたら、どれも食べたくなったのだ。少し買いすぎたようにも思えるが、こんなこともここ最近ではなかったことだった。

揺れる木の葉を気持ちよさそうに見上げている宗一郎の綺麗な横顔を見つめて、日奈子はそんなことを考えていた。

食事を終えると、手作りマーケットを散策する。

「行こうか」

宗一郎は当然のようにまた手を繋いだ。

その温もりに、日奈子の胸はトクンと跳ねる。

彼の気持ちに応えることはできないのに曖昧な態度はよくないという考えがチラリと頭を掠めるが、頭の隅に追いやった。マーケットは人でごった返している、はぐれないようにこうしているだけと、言い訳をして。

ずらりと並ぶブースには、それぞれの出品者が心を込めて作った品が思い思いに並べられている。かつて自分も出品した時のことを思い出して日奈子の胸は弾んだ。

同時に、自分もまた作ってみたいという気分になる。これも、ずいぶんと久しぶりのことだった。

隣を歩く宗一郎を盗み見ると、彼はブースを珍しそうに眺めている。

浮き立つようなこの気持ちが、彼のそばにいるということに関係しているのは間違いない。大好きな人のそばにいる、彼に愛されている、そのことに心が動かされているのだ。

「どうかした？」

日奈子の視線に気がついた宗一郎が問いかける。

慌てて日奈子は被りを振った。

「う、ううん、なんでもない」

そして見つめていたことをごまかすように視線をさまよわせた時、あるブースが目に留まった。

「宗一郎さん、あそこ、羊毛フェルトの店だ」

ずらりと並ぶ、フェルトで作られた動物たちが可愛くて、早く見たくてたまらなくなる。ゆっくり歩く彼がもどかしくて手を引くと、宗一郎がくっくと笑ってついてきた。

「手を繋いでて正解だな」

「わぁ、可愛い」

ブースに着くなり日奈子は声をあげてしまう。

昼寝をしたり料理をしたり、何気ない日常を過ごしている動物たちが所狭しと並んでいる。

「すごいね」

まさに今日の午前中に挑戦したばかりの日奈子は、その出来栄えにため息をついた。

はじめてだったとはいえ日奈子は、オカメインコの形を整えるだけで四苦八苦したのに、ここに並ぶ動物たちは、細かな表情まで作り込まれている。

目を閉じてリラックスしたり、不思議そうなまん丸な目でこちらを見つめていたり……。全部連れて帰りたくなる可愛さだ。

「あ、これ可愛い」

日奈子は、眠っているナマケモノを手に取る。小さくなければ、まるで本物かと思うくらいだった。

「休みの日の日奈子そっくりだな」

隣で宗一郎がからかうような言葉を口にした。

「え？　どこが？」

「いつもだいたい寝てるとこ。今日も寝坊して俺のメールに気がつかなかっただろう」

「なっ……！　私、今日はちゃんと起きてたし」

ぷりぷりしながらも、気に入って日奈子は買うことにする。自分が作る時のお手本にもなりそうだ。

「ありがとうございます」

ナマケモノを袋に包む出品者に、ふと思い立って問いかける。

「すごくお上手ですね。どれも本物みたいに可愛い。作りはじめてどれくらいになるんですか？　私、今日はじめてやってみたんですが、なかなかうまくいかなくて」

「え？　今日からですか？　わぁ、羊毛フェルトの世界へようこそ！　私は、そうですね、半年前くらいからはじめました。もともとハンドメイドは好きだから……。ちなみにどのあたりがうまくいかなかったですか？」

「そもそも形がうまくいかなくて。オカメインコを作ろうと思ったんですけど、なんか妙にふとっちょになっちゃって……」

そんな話をしながら日奈子の心は弾んでいた。

こうやって出品者と品物についての話をするのもマーケットの醍醐《だいご》味《み》だ。日奈子がビーズアクセサリーのブースで出店した時も、客からいろいろ聞かれたものだ。希望のデザインを聞いてその場で新しいものを作ったりして……。

でもそれを見守る宗一郎が視線の端でジャケットのポケットに手を入れたのに気がついてギョッとする。彼がポケットから手を出す前に尋ねる。

「待って、宗一郎さん。なにを出すつもり？」

「なにって、そのオカメインコだよ」

彼は当然だというように答えた。

そう、今彼は、日奈子が午前中に作ったオカメインコを持っているのだ。

出来上がりに満足できなかった日奈子が、とりあえずこれは飾らずに袋にしまっておこうと言うと、『なら俺にくれ』と言ったのだ。了承すると、すぐにジャケットのポケットにしまっていた。

日奈子が出品者と作り方について話をしているなら、日奈子の作ったものを直接見せようと思ったのだろう。

「ダメよ、恥ずかしい。やめて」

日奈子はそれを慌てて止めた。

「大丈夫、上手だったよ。でももっと上手になりたいんだったら……」

「い、いいから……！」

今、日奈子は『ふとっちょ』と柔らかく表現したが、完全に見栄を張った言い方だ。本当はそんなものではない。アメーバか、モンスターか、とにかく鳥に見えない仕上がりだ。あれをこんなに素敵な作品の前に出すなんて絶対にあり得ない。

「見てもらったらいいじゃないか、はじめてなんだからちょっとくらい崩れてても恥ずかしくないよ」

「いいってば……！」

そんなやり取りをしていると、女性がくすくす笑いだした。

「わかります、私もはじめの作品はなにを作ったのかわからないくらいでしたよ。私、いろんなところでワークショップを開いてるんです。よかったら一度来てください」

そう言ってチラシを日奈子にくれる。

「わ、あっちこっちでやられてるんですね。休みが合えば参加します」

自然とそんな言葉が口から出る。

気持ちがわくわくと弾むのを感じていた。さっそく帰ったらシフトをチェックしよう。土日の休みはあまりないが、希望すればもらえるから……。

そんなことを考えながら、ナマケモノと一緒に、チラシを大切に鞄《かばん》にしまう。

隣で宗一郎が柔らかく微笑んだ。

「じゃ、俺が出ていったらすぐに鍵を閉めるんだぞ」

日奈子のマンションの玄関で、靴を履いて振り返り宗一郎が微笑んだ。日奈子はそれを少し心細い思いで見つめている。

ふたりで過ごした休日が終わろうとしている。

結局あれから午後いっぱいをあの公園で過ごした。ハンドメイドマーケットをくまなく見て回った後、キッチンワゴンで買ったアイスクリームを食べて、ストリートミュージシャンのパフォーマンスを眺めて。日が傾いてから、ようやく帰ることにしたのである。

夕食は家で食べることにして、日奈子が作った簡単なものをふたりで食べた。そして宗一郎が帰る時間になったのだ。

「宗一郎さん、明日仕事だもんね」

日奈子の口から思わずそんな言葉が出る。いつもなら長く感じる休日があっという間だったのは、彼と過ごしたからに他ならない。

大好きな人がそばにいてくれるという喜びが日奈子の心を動かした。

したことといえば羊毛フェルトにチャレンジして、マーケットを見て回ったくらいだが、母が亡くなって以来の充実感に満たされている。

宗一郎が困ったように微笑んだ。

「仕事はどうとでもなるけど。今日はこれ以上日奈子のそばにいられない。約束を守れなくなりそうだ。……夜は帰ることにする」

その言葉に、日奈子は首を傾げる。

それに気がついた宗一郎が咎めるような目になった。

そこで日奈子はようやく〝手を出さない〟というあの約束を思い出す。

「あ、そっか……」

呟くと、宗一郎が目を細める。腕を掴まれて引き寄せられ、もう一方の腕が腰に回された。近づく彼の視線に驚いて目を閉じると、額にそっと彼の唇が触れる。

「つっ……⁉」

驚いて目を開いたまま息を呑む。

額と額をくっつけて、宗一郎がふっと笑った。

「俺が日奈子を愛してるって、思い出した？」

「あいっ……！　お、思い出しました……」

「よろしい」

満足そうにそう言って、彼は日奈子を解放した。

突然の彼の行動に、日奈子の心臓はバクバクとスピードを上げ、頬はこれ以上ないくらいに熱くなっていく。

額に手をあてて、日奈子は彼を睨んだ。

「だ、だけど、これは、て、手を出したうちに入ると思う……」

宗一郎が眉を上げて、肩をすくめた。

「日奈子がすぐに忘れるからだ。俺が今どういう立ち位置で日奈子のそばにいるのかを。今までとまったく同じじゃ意味がないとも言ったはずだ。これからも日奈子が忘れてると思ったら、このくらいはさせてもらう」

「なっ……！」

またやると宣言されて日奈子は真っ赤になってしまう。

宗一郎が、くっくと肩を揺らした。

「とにかく今日は楽しかったよ。夕食までご馳走になった。ありがとう」

「ご馳走ってほどじゃ、簡単なものだったし」

まだドキドキとする胸の鼓動を持て余しながら日奈子は答える。

あんなことをしておきながら、平然としていられる彼が信じられなかった。

「美味しかったよ。日奈子、料理上達したんだな、ひとり暮らしちゃんとできてるみたいで安心したよ」

「上達ってただのナポリタンじゃない」

大袈裟なことを言う宗一郎がおかしかった。

日奈子が夕食に作ったのは、本当になんの工夫もないナポリタンスパゲッティだ。ただ野菜とハムとスパゲッティを炒めてケチャップに絡めただけ。料理とも言えない気がする。しかも野菜を入れる順番を間違えたから、にんじんが生焼けでごりごりとしていた。上達したといえるかどうかも微妙だった。

「いや、うまかったよ。働きながらひとり暮らしてるのに、本当にすごいと思う」

そんなことまで言う宗一郎に、日奈子はさすがに呆れてしまう。いくらなんでも大袈裟だ。

その彼に、日奈子は昼間の出来事を思い出して呟いた。

「思い出した。宗一郎さんは、私へのジャッジが甘いんだった」

宗一郎が首を傾げた。

「ジャッジ？」

「昼間もそうだったじゃない。あのオカメインコ、上手だったとか言って……。昔から宗一郎さんは工作でも料理でもなんでも『上手、上手』って言ってくれるから気をつけないといけないよってお母さんにも言われてたんだ」

「気をつける？」

「そう。手作りお菓子でもなんでも宗一郎さん褒めてくれるじゃない？　それは嬉しいけど、信用しすぎると、困ったことになるよって」

「どう困るんだ？」

心底わからないというように、宗一郎が首を傾げた。

「小学三年の時のリコーダーのテスト。うちで練習してたら宗一郎さんがすごく上手だから絶対に大丈夫って言ったのに、結果は残念だった」

音程は合っているし自信満々で吹けているが、リズムが合っていないと言われたのだ。そういうことは何度もあった。

「リコーダーのテストか、あれは本当に上手だったよ。オカメインコもよくできてる。ナポリタンも美味しかった」

宗一郎が言い切ってから、なにかを思い出したような表情になった。

「だけどそういえば、万里子さんには〝日奈子をあまり甘やかすな〟って言われてたな。べつに甘やかしてるつもりはなかったんだけど。俺は日奈子が一生懸命やってる姿を褒めてるだけなんだから」

そう言って頭をかいている。

その姿に、日奈子の口元に笑みが浮かんだ。

「お母さん、宗一郎さんにそんなこと言ったんだ。……小学生の時にね、私、〝おばあちゃん〟に憧れた時期があって。友達が言ってたの。おばあちゃんってお母さんより優しくて、なにをしても怒ったりしないで褒めてくれるし、おやつをくれるのよって。で、お母さんに、私にもおばあちゃんがいたらよかったのにって言ったの」

日奈子はそこで言葉を切って、ふふふと笑ってしまう。

「そしたらね、お母さん『あなたには宗一郎さんがいるじゃない』って言ったのよ。『お母さんより優しくて、なにをしても褒めてくれて、こっそりおやつをくれるって、それ宗一郎さんよ』って。そういえばそうだなって、私も妙に納得しちゃったりして」

「おばあちゃん？」

宗一郎が声をあげた。そしてがくっと肩を落とす。

「毒舌だなぁ、万里子さん。せめておじいちゃんがいいんだけど……」

日奈子は笑いが止まらなくなってしまう。

「だから私、宗一郎さんに褒められて嬉しいなって思っても、本当かなって疑っちゃうの。羊毛フェルトは自分でも満足できていないから、まだまだやるよ」

あのオカメインコだってきっと母だったら、『青いアメーバね、上手じゃない』なんて言ったに違いない。それに日奈子は、『鳥です！』と言い返したりして……。

とそこまで考えて、なにかが込み上げてくるような心地がして、日奈子は慌ててうつむいた。

「万里子さんのジャッジが厳しいんだよ。まずは日奈子が頑張った姿を見る。そしたら出来栄えなんてどうでもいい気がするけど。羊毛フェルトは好きになったみたいだから、どんどんやればいい……どうした？　日奈子」

宗一郎が急に泣きだしてしまった日奈子の様子に気がついて、覗《のぞ》き込む。

「大丈夫か？」

日奈子は無言で首を振る。自分でもおかしいと思うけれど、涙が止まらなかった。

「ごめ……」

「謝らなくていい、大丈夫だから」

優しい声でそう言って、宗一郎が日奈子を抱き寄せた。

「俺の方こそ、寂しい思いをさせて悪かった」

日奈子は泣きながら首を横に振った。

母を思い出したことが涙の引き金になったけれど、寂しい気持ちになったわけではないと思う。

母のことを懐かしく楽しく思い出した、そのことに複雑な感情を抱いたのだ。

今まで日奈子は、母のことを自分から口にすることはなかった。

九条夫妻との会話で母の話題が出る時も、友人とのやり取りで家族の話を聞いた時も、感情を凍らせてただ曖昧に微笑むようにしていた。ありし日の母のことを思い出して、心を乱されるのが怖かったから。

それなのに、こんな風に自分から懐かしく母の話をするなんて。

きっとそれは今日一日、いろいろなことを感じながら過ごしたからだ。

面白そうなことに心動かされ、夢中になって取り組んだ。空腹を感じて食事を楽しんだ。だからこんな風に、母のことを自然と口にできたのだ。

——だけど。

「宗一郎さん、私、怖いの……！」

広い胸に顔を埋めて流れる涙をそのままに、日奈子は彼に訴えた。

「こんな風に、楽しいことをして美味しい物を食べたら、お母さんとの思い出が遠くなっていくような気がして……！」

母が亡くなってからずっと凍らせて、閉じ込めていた感情が、溶け出して爆発してしまったようだった。唐突にこんなことを言いだして、彼を困らせてしまうことはわかっている。でも止められなかった。

「お母さんにはできないのに、私だけ、私だけ……！」

自分を抱く宗一郎の腕に力がこもる。

「日奈子が楽しいことをして美味しいものを食べるのを、万里子さんは望んでいる」

「だけどそしたら、お母さんは私から離れていっちゃう。本当にいなくなってしまう気がして……！」

いっぱい笑って、楽しんで、それは生きているからこそできることで、母にはもうできない。それなのに日奈子だけそれをしたら日奈子の中に新しい思い出ができて、母とのものは消えてしまうような気がする。

日奈子はそれが怖かった。

泣き続ける日奈子の耳に、温かい声が力強く囁いた。

「いなくならない。万里子さんは、いなくならないよ。ずっと日奈子の中にいる。さっきみたいに話をして懐かしく思い出せば、いつだって会えるから」

顔を上げると、宗一郎が涙に濡れる日奈子の頬を大きくて温かい手で包んだ。

「そばにはいないけど、万里子さんは日奈子の中にいる。日奈子がたくさん笑って美味しいものを食べて生きていくのを望んでいる」

宗一郎の言葉を日奈子は頭の中で繰り返す。

慈しむような眼差しを見つめているうちに、そうなのだという思いが心の中に芽生えた。

……母は自分の中にいて、幸せを願っている。

はじめて言われた言葉ではない。

母が亡くなってすぐの頃、九条夫妻からも宗一郎からも言われた。でもその時は日奈子の心には届かなかった。

ただの慰めでしかないと、反発を覚えたくらいだった。

でも今、そうなのだと素直に思う。だからこそ母は青いノートにたくさんの言葉を遺したのだ。

「日奈子、君はひとりじゃない。俺だけじゃなくて父さんも母さんも日奈子を大切に思っている。だから生きることを怖がらないでいい」

宗一郎が言う。

これも何度も言われた言葉だった。

九条家を出ると決めた時、三人ともがそう言って日奈子を強く引き留めたのだ。でも日奈子はその言葉に背を向け続けてきた。

それは宗一郎から離れたかったということもあるけれど……。

――もう一度考えてみようかと日奈子は思う。

亡くなった母の言葉と、今そばにいる人たちの言葉を。

この動きだしたこの心で。

もちろん母が言っていたことは変わらない。自分と宗一郎の立場に大きな違いがあることも動かしようのない事実だ。

――でも。

母は自分の幸せを願っている。

少なくともそれは、抜け殻《がら》のように生きることではないはずだ。

今日一日のように笑って過ごすことなのだ。

「宗一郎さん、ありがとう。もう大丈夫」

そう言って日奈子は、そっと身を離す。

宗一郎が心配そうに日奈子を見つめている。

「泣いてしまってごめんなさい。でも大丈夫。私、宗一郎さんが言ってくれたこと、ちゃんと考えてみるね」

微笑むと、宗一郎が少しホッとしたように息を吐いた。

そして、もう一度日奈子をギュッと抱きしめてから、帰っていった。

静かに閉まるドアに鍵をかけて、日奈子は部屋へ戻る。

チェストの上の母の写真に向かって口を開いた。

「お母さん、私、今日一日すごく楽しかった。これは悪いことじゃないでしょう？」

写真の中の母が穏やかな眼差しで日奈子を見つめていた。

4、日奈子の変化

ホテル九条本社ビルの打ち合わせ室で、宗一郎は企画課の社員と美鈴を交えて打ち合わせをしている。内容はオープン後の美鈴の広報活動についてである。

「ホテル九条宮古島に関しては、格式高いイメージは一旦おいておき、地元の素晴らしい文化と自然をお客さまが感じられるということを優先させたいと思っております」

企画課の社員がそう言って、机の上にたくさんの資料を広げた。

「ガラス工芸や宮古上布といった地元の工芸品を作ることができる体験企画をホテル内のロビーで定期的に企画して、悪天候でも宮古島を楽しんでいただけるようにしようと考えておりまして」

「海外からの観光客は喜びそうね。作った物を持ち帰れるなら記念にもなるし」

美鈴が相槌《あいづち》を打った。

「はい。ですから美鈴さんにはオープン前に一度現地へ足を運んでいただき、その様子を……」

順調に進む打ち合わせに、宗一郎はとりあえず安堵する。

先日開催したレセプションに対するメディアや市場の反応もまずまずだ。なにごともなければ、想定していたよりもいいスタートが切れるだろう。

父との社長交代へ向けて、権限移譲も順調に進んでいる。

亡くなった祖母から厳命された、ホテル九条を国内一の座へ戻すことにも成功した。

副社長に就任してから全力疾走してきたが、まずは次期リーダーとしての役割をひとつ成功させたといえるだろう。

「当分の計画は以上です。スケジュールについては、美鈴さんのエージェントを通させていただきます。なにかご質問は？」

「とくにはありません。この通り進めてくださって結構よ」

社員の言葉に美鈴が答えて打ち合わせは終了する。

一同立ち上がり、そのままエントランスまで美鈴を見送ろうとする。が彼女はそれを断って宗一郎に向かって問いかけた。

「この後少しいいかしら？　話があるの」

彼女からの提案に、宗一郎は頷いた。

「では私の部屋へ」

副社長室にて、マネージャーを別室で待たせ美鈴とふたりになると、彼女は口を開いた。

「あの件だけど、おかげさまでうまくまとまりそうなの。今日はそれを報告しようと思って。助かったわ、ありがとう」

ふたりで話をしたいという彼女の言葉から、話の内容を予想していた宗一郎は、納得して頷いた。

「それはよかった」

「あなたが恋人のふりをしてくれていたから、父も母もすっかり油断している」

「ふりというほどのことではない。ただ噂を否定していないだけだ」

「まぁそうね。だけどそれでこちらは自由に動けたもの。あとは大切な人たちだけに報告を入れて日本を発つわ。あの人が待ってるイタリアへ」

あの人とは、イタリアの田舎町でオリーブ農家を営んでいる美鈴の婚約者だ。彼女が駆け出しの頃から力を入れている環境保護のボランティアで知り合ったのだという。

すでに婚約者が住む場所で生活する準備を整えてあるそうだ。

結婚後、彼女はインフルエンサーとしての数件の仕事を残して、モデルとしての華やかな世界から退く予定だ。

それは昨年から決めていたことのようだが、問題は彼女が名門鳳家の出身だということだった。

銀行業で財を成した鳳家は厳格な家風で知られている。その娘がモデルになっただけでもいい顔をされていないのに、外国人との結婚を許してもらえるはずはない。

彼女は、家族と今まで築いてきた日本での仕事をすべてて捨てて、イタリアへ旅立つ覚悟なのだ。

今回の帰国は、仕事で関わった関係各所に迷惑をかけぬよう調整をするためのものだった。そこへ昔のよしみで、最後の仕事としてアンバサダーを受けてもらったというわけだ。

ビジネス上の関係でともに行動するうちに、ふたりが恋人だという噂が出たのは予想外だったが、それについて噂をそのままにしてほしいと頼まれた。

なんでも美鈴の恋愛遍歴についていつもうるさく言う彼女の両親が、黙って静観しているというのだ。もちろん相手が宗一郎だからだろう。九条家の長男ならば、鳳家と十分に釣り合う。

彼女は両親が安心している間に、日本を発つための準備を整えたのだ。

「いよいよ、彼のところへ行けるんだわ」

青い空のもと広がる東京の街を見つめて美鈴が言う。

学生時代から親しくしていたとはいえ、互いに恋愛感情など一度も抱いたことはなかった。そんな彼女との熱愛疑惑には正直なところはじめは戸惑った。が、それをそのままにしてほしいという頼みを受け入れたのは、彼女に対して同志のような思いを抱いているからだ。

生まれながらにして、古いしがらみや重いものを背負う名家の出身として。

彼女はそれらから解き放たれて、自由な世界で生きていく。

宗一郎は、その世界の中心で覚悟を持って生きていく。

互いに進む道は違っても、幸せを掴んでほしいと心から思う。

「おめでとう、幸運を祈るよ」

「ありがとう。だからもう少しだけ我慢してちょうだい。私が日本を発ったら正式に結婚を発表して、エージェントからあなたとの噂についても否定します」

「わざわざ否定するのか？」

当初の予定は結婚発表だけのはずだ。熱愛疑惑など、SNS上の怪情報のようなもの。当然ながら、決定的な写真などは撮られていないのだから、彼女がすべてを手放しイタリアにいるとなればすぐに立ち消える。

「そう、ちゃんと否定していくわ。あなたに迷惑がかからないように。だって、ほら、あなたの意中の彼女に誤解されたら困るものね？」

そう言って、美鈴が意味深に笑う。

言葉の真意がわからずに宗一郎は首を傾げた。今の宗一郎に恋人がいないことは彼女に話してある。

美鈴が、ふふふと笑いだした。

「あら、隠しても無駄よ。私、こういうことは鋭いんだから。あの鈴木日奈子さんって子、彼女なんでしょう？」

唐突に日奈子の名前が出て、宗一郎は眉を寄せて美鈴を見る。

日奈子は今コンシェルジュとして美鈴が滞在するスイートルームを担当しているから、存在を知っているのは当然だが、どうして自分と繋がるのかがわからなかった。

日奈子から話をするはずはないし……。

宗一郎が考えを巡らせていると、美鈴が目を輝かせた。

「あ、動揺してる。やっぱりね！」

「……わけのわからないことを言ってるな、と思っているだけだ」

とりあえずそう否定するが、美鈴は引き下がらなかった。

「〝冷静沈着〟って言葉が服を着て歩いてるようなあなたが、レセプションの夜、彼女を見て動揺したの、私見逃さなかったんだから。何年の付き合いだと思うの？」

その言葉に、宗一郎は目を閉じた。

――あの時か。

確かにあの夜、宗一郎は美鈴の隣に日奈子がいることに気がついて一瞬動揺した。ホテルで日奈子を見かけることはよくあるが、あの日はプロポーズを断られてすぐだったからだ。

目を閉じて答えない宗一郎に、さらに美鈴が畳みかける。

「学生時代、彼女に浮気を疑われてカフェでいきなり泣かれた時も眉ひとつ動かさなかったあなたが、仕事中だというのに彼女を目にしただけでフリーズしたんだもの。これはただのスタッフじゃないなとぴーんときたわ」

そう言って得意そうに笑う。

学生時代の話まで持ち出されて、宗一郎はため息をついた。

当時付き合っていた恋人に浮気を疑われて学内で泣かれてしまい周囲の注目を集めてしまったという、苦い思い出だ。

まだ学生でありながら、すでにホテル経営に関わっていた宗一郎は他の学生よりも多忙だった。加えて、空いた時間で中学生だった日奈子の家庭教師もしていたから、付き合っていた彼女との時間が十分に取れなかったのだ。

もちろんそのことは、事前にきちんと説明してそれでもいいと言われたから付き合ったのだが、結局はそれが浮気疑惑に発展したのだ。

そういうことは、恋人ができるたびに繰り返されて、あまりひとりの人と長続きしなかった。

「確かに、彼女とは個人的に親しい」

仕方なく宗一郎は答える。

美鈴が鋭いのはその通りだ。これ以上ごまかしても意味がないと、とりあえず事実のみを口にする。

「だが恋人というわけではない」

「じゃあ、元カノ？　一方的に思いを寄せられたとか？　学生の時もよくあったわよね。でもどっちにしても、あなたがあれほど動揺するとは思えないけど」

「彼女はそういうんじゃない」

否定すると、美鈴が弾かれたように笑いだした。

「やだ、まさか片思い!?」

図星を指されて、もうなにも言いたくなくなってしまう。

黙り込む宗一郎に、美鈴は笑いが止まらないようだった。手を叩いて笑っている。ため息をついて顔を手で覆うと、彼女は目尻の涙を拭きながら口を開いた。

「ごめんなさい。モテるけど誰にも本気にならないあなたにしては意外すぎて。それに社内恋愛っていうのも意外だわ。従業員に手を出したら、セクハラ案件になりかねないもの。でもそのリスクをおかしても好きになっちゃうくらい魅力的なんだ。確かに可愛い子だったけど」

「彼女はただの従業員じゃない。幼なじみだ。昔から知ってる相手だよ」

「じゃあ、なおさら、エージェントにはきっぱり否定するように言っておくわ」

「……ああ、頼む」

宗一郎はもう無駄に否定せずに、くすくす笑いながら出口へ向かう美鈴のために、ドアを開ける。

「案内はいらないわ、お疲れ」

そう言って外で待っていたマネージャーと帰っていく彼女を見送った。

帰っていく美鈴と入れ替わるように顔を出したのは、秘書室に所属する男性秘書だった。

「副社長、ミーティングお疲れさまでした」

「ああ、ありがとう」

「次の予定は、一時間後の役員会議です」

秘書の言葉に宗一郎が頷いた時、一瞬目眩《めまい》を覚えて目を閉じ、そばにある机に手をついた。再び目を開くと、秘書が心配そうに宗一郎を見ていた。

「副社長？　大丈夫ですか？」

「ああ、大丈夫だ」

宗一郎は答えるが、彼は眉を寄せたままだった。

「役員会議まで少し時間がありますから、それまでゆっくりお休みください」

休み、つまり時間が空くということだ。

反射的に宗一郎は口を開きかける。

「では……」

近くのホテル九条東京に足を運ぼうと言いかけるが、秘書がそれを遮った。

「副社長、現場視察のお時間はまた別で調整します」

いつもと違う少し強い調子の彼の言葉に、宗一郎は意外な思いで彼を見る。こんなことははじめてだった。

意を決して意見したのだろう。拳を作る秘書の手が少し震えている。その彼を見つめながら、宗一郎は彼のこの意外な行動の意味を考えた。

今、宗一郎が休憩時間を潰して現場へ顔を出すことのなにが不都合なのだろう？

思案する宗一郎に、秘書が口を開いた。

「休日も、先週のようにこれからは丸一日取っていただきたく思います」

その言葉に、宗一郎はハッとする。つまり彼は宗一郎に〝休みを取れ〟と言っているのだ。

「副社長は就任されてからのこの三年、ほとんど休みを取られていません。いくらなんでもこれでは体調に支障が出ます。副社長は、我が社にとってなくてはならない存在ですから、これからは体調管理も我々にお任せいただきたく思います」

おそらく相当思いつめていたのだろう。少し声が震えている。

通常秘書は、上司の業務に意見しない。するべきではないと教育されている。とくにホテル九条では、祖母の代からそれが徹底されていた。

大企業のトップとは常に孤独であるべきだと祖母が考えていたからだ。孤高の存在でなくては、重要な決断を正しい判断で下せない、と。

それでも彼が今宗一郎に意見したのはそれだけ自分を思ってくれているからだろう。

目の前の秘書を見つめながら、宗一郎は、自分が思い違いをしていたのだと気がついて、そのことにある感動を覚えた。

副社長に就任してからの三年間、全力で走り続けてきた。寝る間を惜しみ会社の業績改善に尽力した。

それが功を奏したのか、業績は祖母の代と同じ水準に戻りつつある。

——だがそれは孤独な闘いだった。

少しのミスも許されず、すべての判断の責任が自分だけにのしかかる……。

だがそうではなかったのだ。宗一郎を陰で支えてくれた彼らもまた、一緒に闘ってきた。自分には彼らという仲間がいたのだ。

「ありがとう。君の言いたいことはわかったよ」

心からそう言うと、秘書が心底ホッとしたように息を吐いた。

彼は、この三年一度も宗一郎に意見したことはなかった。忠実にホテル九条の秘書であり続けたのだ。それでも不興を買うかもしれないと恐れながら意見したのは、宗一郎と会社を思ってのことなのだ。その心を大切にしたかった。

「ホテル宮古島をオープンさせれば、私の仕事はひと段落だ。君の言う通り、これからも末長く働けるよう。働き方を少し考えるべきかもしれない」

「はい、副社長。私たち秘書室はこれからも副社長を全力でお支えします」

秘書が少し高揚して言う。

宗一郎は頷いた。

「この三年で秘書室《きみたち》が有能なのは私もよくわかった。これからは私の休みを取り入れつつ、スケジュールを組んでもらえるとありがたい」

「はい！　もちろんです。実はすでに秘書室内では話し合っておりまして、あとは副社長の了解をいただくのみでした」

張り切って言う彼に、そこまで考えてくれていたのかと、宗一郎は思わず笑みを漏らした。素直に嬉しかった。

秘書が、ハッとしたように目を見開いて、すぐにもとの表情に戻り、「では一時間後に呼びに参ります」と頭を下げて出ていった。

閉まるドアを見つめて、宗一郎は少し申し訳ない気持ちになっていた。

おそらく彼は、宗一郎が笑ったことに驚いたのだ。

大企業のトップとして孤高の存在でいろというのが祖母の教えで、宗一郎はその通りに歩んできた。だからこそ、ここ数年の業績回復があるのは確かだが、彼にとってはやりにくい上司なのだろう。少し笑顔を見せただけであの反応なのだから。

ここまでやってこれたのは、祖母から帝王学を受けたおかげだ。だがこれからは、少しずつ考え方を変えていく必要があるのかもしれない。

宗一郎は、デスクに戻り黒い椅子に腰を下ろす。くるりと後ろを向き、大きな窓から望む都心の街を見下ろした。

午後の日差しに照らされたホテル九条東京に目を留めると、そこにいるはずの日奈子のことが頭に浮かんだ。

――この三年間は、副社長としての業務にまい進した。

それが自分の使命だからだが、一方でそればかりに気を取られて、日奈子を本当の意味で支えきれていなかったのだ。そのことに、先週の休日に気がついた。

あの休日の帰りがけに母親のことを口にして彼女が見せた涙に、宗一郎の胸は締めつけられた。

母親が亡くなってから笑顔を見せなくなった彼女の心にあったわだかまり。亡くなった母を思うあまり、自分自身に生きる喜びを感じぬよう縛りをかけていたという彼女が傷ましくてつらかった。

ふーっと長い息を吐くと、あの日の日奈子が頭に浮かんだ。

なにもする気力がないという様子の彼女を見ているのがつらくて、なにかをやって気が紛れればいいと思い手をつけた羊毛フェルト。宗一郎が作った柴犬を見て、日奈子が見せた笑顔を思い出す。

『やっぱり宗一郎さんって、すごいのね』

以前の明るい彼女を彷彿《ほうふつ》とさせる笑顔に、不覚にも涙が出そうになってしまった。

そしてこういう瞬間を積み重ね、日奈子の心が外の世界へ向くのを見守るのだと決意した。

宗一郎はデスクの上のプライベート用の携帯を手に取り、日奈子から来たメッセージを開いた。

【昨日の作品、ちょっと自信あり】

メッセージとともに添えられた写真には、羊毛フェルトの動物。その可愛らしい画像に宗一郎は笑みを浮かべた。

あの日から彼女はたびたびこうやって写真を送ってくるようになった。

少し明るさを取り戻しているように思える彼女からのメッセージが嬉しかった。

宗一郎は笑みを浮かべたまま、その写真をジッと見つめる。

その後にもふたりのやり取りは続いている。

【上達したな。可愛い狸《たぬき》だ】

【狸ではありません】

じゃあなんの動物なのかと問いかける宗一郎からのメッセージに返信はない。

画面の向こうで日奈子が頬を膨らませている様子が目に浮かび、宗一郎はくっくと笑った。

こんなたわいもないやり取りを重ねていければ、それでいいという気持ちになる。

彼女に笑顔を取り戻す。そのために生涯をかけると宗一郎は誓ったのだから。

——彼女が本当の意味で母の死を乗り越えたその先に、自分との未来があるなら、

これ以上のことはないのだが……。

そんなことを考えながら、宗一郎は画面の中の動物を見つめる。そして、メッセージを打ちはじめた。

＊　＊　＊

「本当にごめん……！」

仕事終わりのロッカールームで、莉子が日奈子に向かって手を合わせている。

日奈子は慌てて首を横に振った。

「莉子のせいじゃないよ……！」

異業種交流会で会った高木の件についてである。

日奈子はあれから一度も高木とコンタクトは取っていないが、どうやら他のメンバーは少々親しくなったようで、また集まろうという話になったのだ。

それで再度誘われたから、仕方なくあの日起こった出来事を、宗一郎のことは伏せつつ話したというわけだ。

「私の方こそ、なんか水を差すようなことを言ってごめん」

「そんなことないよ。話してくれてありがたい。あの日は皆紳士に思えたけど、そんなことがあったなら、ちょっとまた集まるのも考え直さなきゃいけない気がする。怖いじゃん」

日奈子は無言で頷いた。高木の友人だからといって全員が同じようなことをするとは限らないが、類は友を呼ぶという言葉もある。気をつけるに越したことはない。

「もともと日奈子は気が進まないみたいだったのに、私が強引に誘ったばっかりに嫌な思いをさせちゃったね。……今度ランチをご馳走させて？」

「もう、大丈夫だってば……」

気が進まなくとも行くと決めたのは自分だし、高木に送ってもらうことを断れなかったのも自分だ。彼女はなにも悪くない。謝られる必要も、ましてランチをご馳走してもらうなんて……と、そこであることを思い出し口を開いた。

「ご馳走してもらわなくていいんだけど……私あのカフェにまた行きたいな。あのタイ料理の……」

「タイ料理のカフェ？　ああ、先月行ったあそこ？　なに？　日奈子、タイ料理にハマっちゃった？」

「タイ料理っていうか、ガパオライスが食べたくなっちゃって」

「わかる！　あそこのやつ美味しいもんね！」

「うん」

本当は、莉子と行った店のガパオライスがどうだったか、日奈子には思い出せない。でもだからこそまた食べたいと思ったのだ。

「もちろんオーケー！　じゃあ、今予定を決めちゃおうよ。えーっとシフトシフト……」

ふたりして携帯を取り出して互いのシフトを確認する。二週間先に、ふたりとも空きを見つけて莉子が指差した。

「あ、ここ、ここ空いてるじゃん。……あ、でも日奈子は夜勤明けかぁ」

呟いて莉子はまた別のところを探しはじめる。彼女は、夜勤明けは日奈子が断ると知っているからだ。

確かにこのスケジュールで莉子とランチに行けば、次の日は少し寝不足になりそうだ。以前の日奈子なら断っていた。

——でも。

「……一日くらい、いいんじゃないかな」

日奈子がぽつりと呟くと、莉子が首を傾げた。

「え？　なに？　日奈子」

「一日くらい大丈夫だよ。この日にしよう。ここを逃したら来月になっちゃう。私それまで待てないもん」

「おー！　言うじゃん。日奈子もアジアン料理にハマったな？　熱心に勧誘したかいがあるよ」

莉子が嬉しそうに言った。

「じゃあ決まりだね。大丈夫、眠くてもさ、トムヤムクン食べたら目が覚めるから」

「あれは痺れる辛さだよね」

あははと笑いながら日奈子は予定を携帯に入力する。顔を上げると、莉子がジッとこちらを見ていた。

「なに？　莉子」

「日奈子さ、なにかいいことあったでしょ？」

「え⁉」

唐突に問いかけられて日奈子はドキッとする。答えられないでいると、莉子がニヤニヤとした。

「なんか今日の日奈子は、いつもと違う気がするな。飲みもランチもイベントも誘えば来てくれるけど、自分から誘ってくれるの久しぶりじゃない？　なんか積極的っていうか。ただガパオライスにハマったってだけじゃないような……。なにかいいことあったんじゃない？」

「え！　えーっと……」

今日の日奈子が、莉子の目から見て変わったというならば、それは確実に宗一郎とのことがきっかけだ。でもそれをそのまま言うわけにいかなかった。

「えーっと」

莉子がむふふと笑った。

「まぁ、無理には聞かないよ」

「いい感じだもん」

「う……ごめん」

「いいよ、いいよ。でも絶対いいことでしょ。なんか今日の日奈子、いい感じだもん」

そう言って莉子はロッカーを開けて着替えはじめる。

携帯のスケジュール帳の【莉子とガパオライス】の文字を見つめながら、日奈子は呟いた。

宗一郎と過ごしたあの休日から、自分が変わりはじめているのは感じている。好きだった手芸をしたいと思ったり、美味しいものを食べたいと思うようになったのだ。

──自分の人生を生きている。

母が亡くなってはじめてそう感じている。

きっかけは、宗一郎に『愛してる』と告げられたからに違いない。

愛する人に愛されていたという喜びが日奈子の心に衝撃を与え溶かしはじめたのだ。

母は怒るだろうか、と日奈子は思う。

宗一郎を好きになってはならないと、わざわざ書き遺したのにと。

──それでも。

今、日奈子に起きている変化は、きっと喜んでくれるはず。日奈子が元気を取り戻すために、宗一郎の力を借りるくらいは許してくれるだろう。

――今はそう思うことにする。

そう自分に言い聞かせて、スケジュール帳を閉じる。メッセージアプリにメッセージが届いているのに気がついた。開いてみると宗一郎からだった。

【わかった、猫だろう？ 上手だ。可愛いよ】

その内容に日奈子はくすりと笑ってしまう。日奈子が送った新作の羊毛フェルトに関してのコメントだ。

猫を作ったのに狸だと返信があった。途中で日奈子は寝てしまい、正解を送らなかった。それに対する追加のメッセージだ。

一度狸と間違えておきながら、また【上手だ】と書いてあるのがおかしい。

口元に笑みを浮かべながら日奈子は画面をスクロールさせる。彼からは夕方にもメッセージが入っている。その内容に眉を寄せた。

【今日の早番あがり迎えに行く。日奈子に予定がないなら、夜ご飯を一緒に食べないか？】

日奈子は時間を確認する。仕事が終わってからすでに一時間が過ぎていた。慌てて着替えを済ませてロッカーを閉じる。

「莉子、私先に行くね」

「はーい。お疲れさま」

莉子に手を振って、日奈子はロッカールームを後にした。

従業員用の出入口から外へ出て小走りで通りをホテルの裏側へ曲がると、いつもの場所に宗一郎の車が停まっていた。

慎重に辺りを見回して、助手席の方へ回り込む。

今日は早番上がりで時間が早いから、誰かに見られる危険性はいつもより高い。誰も見ていないことを確認してからドアを開けて中に入った。

「お疲れ」

運転席の宗一郎が口を開いた。

「ごめん、宗一郎さん。メッセージに気がつかなくて、そんなに長くおしゃべりしてたつもりはなかったんだけど……」

言い訳をする日奈子に、宗一郎が微笑んだ。

「いや、いきなり誘ったんだから、それはべつに。早番なんだから、おしゃべりくらいするだろう。俺がいつも早く帰れと言うのは遅番だからだ」

「今日はどうしたの？　もう仕事は終わり？」

日奈子は尋ねる。早番の時に彼が迎えに来たのははじめてだが、そもそもこの時間に彼が帰宅できたこと自体が驚きだ。

「ああ、秘書室からちょっと仕事のペースを落とすべきだって意見が上がってきて、スケジュールの基準を少し変えることに同意した。そしたらさっそく今日は帰れってさ。まあ、やるべきことは終わってるわけだから、ありがたい話なんだけど」

「そうなんだ」

その話に日奈子はまた驚いてしまう。

会社では冷徹と恐れられている彼に秘書室が意見するなんて。だけど内容からして彼を思ってのことなのだろう。

彼が働くペースを抑えることには賛成だ。従業員の勤務時間に関して厳しく管理している彼は、肝心の自分の労働時間には無頓着なのだから。

『あれではいつか身体を壊してしまう。でも言ってもまったく聞く耳を持たない』

そう九条夫妻も嘆いていた。

少しペースを落とすと決めたなら安心だ。

「だけどそれならどうして迎えに来たりしたの？　せっかく早く帰れるのに……」

とそこまで言いかけて、日奈子はドキッとして口を閉じる。宗一郎が日奈子のヘッドレストに左手を置いたからだ。もう一方の手が日奈子の顎に添えられる。咎めるような視線がゆっくりと近いてきて……。日奈子は目を見開いて慌てて口を開いた。

「そ、宗一郎さんは、私のことが好きだから、私の顔を見たかった。夜ご飯を一緒に食べたかったのよね！」

自分でそんなことを言うなんて、自惚《うぬぼ》れもいいところだ。

でも仕方がないことだった。

そうしないと、また前みたいに額にキスをされてしまう。この間彼は『日奈子が忘れてると思ったら、このくらいはさせてもらう』と言っていた。

宗一郎がふっと笑って「残念」と呟いて離れていった。そして車を発進させる。

とりあえず、飲食店がある賑《にぎ》やかなエリアへ向かうようだ。

日奈子はホッと息を吐いた。

「で？　日奈子この後予定はないんだな？　俺の希望を叶えてくれる？」

どこか楽しげに彼は言う。

「え！　う、うん……」

いきなりの接近と俺の希望という言葉に頬が熱くなるのを感じながら、日奈子はすぐに頷いた。

「リクエストはあるか？」

「な、なんでも……。あ、だけど、タイ料理以外がいいな」

さっきの莉子との会話を思い出しながら日奈子は言った。

「来週、同僚とタイ料理カフェに行く約束したんだ。ガパオライスにハマっちゃって。アジアン料理が好きな同僚がいてさ、美味しい店いっぱい知ってるんだ」

「そうか」

宗一郎が目を細めた。

「じゃあ、今夜は俺が適当に選んでもいいか？」

「うん、なんでもいいよ。なんでも美味しく食べられる自信がある。今お腹ぺこぺこなんだ」

日奈子の口から自然とそんな言葉が出る。ここのところしっかり空腹を感じるようになった。そしてなにを食べても美味しく感じる。

信号待ちで車を停めた宗一郎が、こちらを見て柔らかく微笑んだ。

「安心したよ」

前を向き、また車を発進させる。

その綺麗な横顔を見つめながら日奈子の胸はきゅんと跳ねる。

彼はずっと日奈子を心配してくれていたのだ。母が亡くなったあの日から一歩も動けずに、心を閉ざしていた日奈子を近くで見守りながら。

日奈子を愛していながらも完璧に隠し通していた。それもすべて日奈子を想ってのことなのだ。

「和食でいい？　日奈子、天ぷらが好きだろう？　この前仕事で行った店、日奈子が好きそうだと思ったんだ」

宗一郎の言葉に頷きながら、日奈子は、胸をある強烈な想いが貫くのを感じていた。

――この彼の深い愛に応えたい。

――彼を愛し、彼に愛される人生を歩みたい。

それこそが自分にとっての幸福で、それ以外に幸せになる道はこの世に存在しない。

けれどそれは同時に、富美子という恩人を裏切り母の言葉に背を向ける道でもある。

――自分の幸せのみを追い求めて、分不相応な道を選び、それで本当に許されるのだろうか。

癖のある黒い髪が、流れるネオンの光に透けるのを見つめながら、日奈子は考え続けていた。

宗一郎が選んだのは、一見店だとわからない外観の隠れ家的な店だった。

ふたりはカウンター席に並んで座り、目の前に並ぶ食材を選ぶ。するとそれを目の前で揚げてくれるのだ。

お品書きもない、あまりにも高級そうな店の雰囲気にはじめは緊張していた日奈子だけれど、食べだすと止まらなくなってしまう。

さくさくとした衣に包まれた新鮮な食材はいくらでも食べられた。それでなくても、今日一日よく働いたから本当にお腹が空いていたのだ。

一方で宗一郎の方は、そんな日奈子を楽しげに見つめている。

「ここの天ぷらうまいだろう？　絶対日奈子を連れてこようと思ってたんだ」

「うん、すごく美味しい。あ、でもちょっと食べすぎかな。最近太ったような気がするんだよね。怖くて体重計には乗れないんだ」

少し恥ずかしくなって、日奈子はお腹に手をあてた。

「いや、たくさん食べる日奈子を見ると俺は安心する。日奈子はもう少し太った方がいい」

宗一郎はそう言って、自分もえびの天ぷらをかじっている。仕事終わりにしては、どこかリラックスした様子だった。

その彼を見て、日奈子も思ったことを口にした。

「私も、そういう宗一郎さんを見ると安心する」

宗一郎が串を置き、首を傾げた。

「宗一郎さん、副社長になってからずっと働き詰めでしょう？　旦那さまと奥さまがいつも心配してた。大奥さまは、大企業のトップに立つ人間は会社の誰よりも働くべきっておっしゃっていて、宗一郎さんはその言葉を守っているんだろうけど、あのままじゃいつか倒れちゃうって」

ふたりにとって宗一郎は、会社の後継ぎという前に大事なひとり息子なのだ。

宗一郎が頷いた。

「そうだな。ホテル九条を継ぐために俺はばあさんから教育を受けてきたわけだが、実際に副社長へ昇格した時には、ばあさんはすでに亡くなっていたから、教わったことを頼りにするしかなかったからな」

気楽な調子で彼は言うが、それがどれほど孤独で険しい道のりだったかと日奈子は思いを馳《は》せる。

巨大な組織は、九条家の人間だけで成り立っているわけではない。目に見える結果が出るまでは社内での彼に対する風あたりは厳しかった。

「だけどまぁ三年やってきて、すべての教えに従う必要はないのかもしれないと思いつつあるよ。うちの会社には優秀で、俺と同じくらい会社を大切に思っている社員が大勢いる。彼らの言葉に耳を傾けつつ、一緒に歩むべきなんだろうと今は思う。……俺のスケジュールの件はある意味それの第一歩だな。決して、日奈子とデートをしたいからではない」

最後は少しおどけて言って、宗一郎はノンアルコールビールを飲み干した。

その姿に、日奈子は思わず問いかけた。

「大奥さまに教わったこととと違うことをすることに、宗一郎さんは不安を感じないの？」

日奈子と母の関係とは少し違うかもしれないが、彼もまた孤独を抱えていて祖母の教えを頼りに歩んできたのだ。そして今、その教えとは違う判断を下そうとしている。

宗一郎がビールのグラスを静かに置いた。

「まったく不安ではないと言えば嘘になる。三年前ならできなかっただろうな。だけど、本質を間違えなければそれでいいと今は思う。ホテル九条を末長く存続させること、それが俺の使命なんだ。それを間違えなければ方法が違っても問題はない」

「本質を間違えなければ……」

自信に満ちた彼の言葉を、日奈子は繰り返した。

「ああ、もちろん慎重に検討しながらだけど。……もう少し食べようかな。日奈子、次はなににする?」

宗一郎が目の前の食材に視線を送って問いかける。

「えーと、次は野菜がいいな……」

それに答えながら、日奈子は不思議な気持ちになっていた。頼りにしてきた人の言葉に、すべて従う必要はないという彼の決断を新鮮に感じている。

『本質を間違えなければ』

その言葉が頭から離れなかった。


「今日はご馳走さま。お腹いっぱいになるまで食べちゃった」

天ぷら屋での食事を終えて、日奈子と宗一郎は車に乗り、日奈子のマンションへ帰ってきた。いつもの場所に車を停めた宗一郎に向かって日奈子は言った。

「すごく高級なお店だったからご馳走してもらうのが申し訳ない感じだったけど」

「先週の手料理のお礼だ」

その言葉に、日奈子は思わず噴き出した。

「もう、冗談言わないで。あんなナポリタン、代わりにならないよ」

宗一郎が目を細めた。

「今日の店も美味しいけど、俺にとっては日奈子のナポリタンが世界で一番美味しいよ」

「そんなこと言ったら、大将にがっかりされちゃうよ」

くすくす笑いながら日奈子は言う。

今日の店では、えびや鮑《あわび》などの新鮮な食材に加えて、チーズや生ハムといった洋風の食材を使った変わり種の天ぷらも豊富だった。宗一郎と一緒でなければ、日奈子は口にできないようなものばかりだったというのに。

「本心だよ。とにかく今夜はお腹いっぱい食べる日奈子を見られたから、俺は満足だ。大将に感謝だな」

そう言って手を伸ばし、彼は日奈子の頬に触れる。

その感触に日奈子の背筋が甘く痺れた。ほんの少し触れるだけで、その先を期待してしまうようになっている。

そして考えるより先に、言葉が口から溢《あふ》れ出る。

「宗一郎さんのおかげだよ。こうやって、なにかを美味しいと思えるの」

自分の中の変化を彼に知ってほしかった。

「先週は泣いてしまってごめんなさい。でもあの時、宗一郎さんが言ってくれたことで私少し楽になった。あれから前に進めたような気がしてる」

宗一郎が少し驚いたように目を見開いた。

「前はね、こうやって話をして笑うことも怖かったんだ。お母さんとの思い出が消えていっちゃうって。でも今はね、私が笑うことをお母さんは喜んでくれるって思えるの。きっとそれを望んでるって」

目を閉じて、頬に感じる彼の手に両手を添えて頬ずりをすると、日奈子の胸は熱い想いでいっぱいになる。ひとりでに身体が熱くなっていく。

「宗一郎さん……」

――愛してる。

言えない言葉が日奈子の頭を駆け巡った。

なにも考えずに、ただ彼だけを見て胸に飛び込むことができればどんなにいいか。

なにもかも放り出してふたりだけの世界へ行って、ただの男と女としてふたり愛し合うのだ。

頬に感じる大きな手の感触が愛おしくてたまらなかった。この温もりに口づけですべてを委ねてしまいたい。そんな衝動に駆られて、日奈子は熱い息を吐く。

「つっ……日奈子」

少し切羽詰まったような彼の声音に、日奈子はハッとして目を開いた。宗一郎が困ったような表情で日奈子を見つめている。

「あ……ごめんなさい」

日奈子は頬を染めて、手を離す。

気持ちが昂《たかぶ》って、思うままに振る舞ってしまった。

「いや……」

宗一郎が手を下ろして目を閉じて、気持ちを落ち着けるようにふーっと長い息を吐く。次に目を開いた時にはいつもの優しい眼差しに戻っていた。

「だがそういうことをされると、さすがに俺も自分を抑えられなくなる。……今は俺の忍耐に感謝するんだな。……今日は部屋まで送ってやれない。ここから見てるからいつものように部屋に着いたら合図してくれ」

そう言って少し情けなさそうに笑う彼に、日奈子の胸はきゅんと跳ねる。

「うん、……ごめんね」

うつむいて答える。

我慢しないでもっと触れてほしいという、もうひとりの自分が呟く声を聞きながら。

たくさんの思いが日奈子の中でマーブル模様を作っていた。

大切な人が遺した言葉と、それを大切にしつつ自分の道を行くという彼の決意。

日奈子の中に確かにある、彼の愛に応えたいという強い思い。

「じゃあ、おやすみなさい」

「おやすみ」

車を降りると、冷たい夜の空気が日奈子の頬を撫でた。

マンションのエントランスで振り返ると、運転席で宗一郎が優しく微笑んで手を上げる。

＊　＊　＊

『本質を間違えなければ』

さっき聞いたばかりの彼の言葉を、日奈子は繰り返し考えていた。

青いカーテンから日奈子が顔を出したのを確認して、宗一郎は車を発進させる。だがすぐに途中の適当なコインパーキングを見つけて車を停めた。

エンジンを切りハンドルを抱えて深いため息をついた。一旦気持ちを落ち着けなくては運転に支障が出そうだった。

目を閉じると、さっきの日奈子のふっくらとした頬の感触と、自分の名を呼ぶ甘やかな声音が鮮やかに蘇《よみがえ》る。

唐突な彼女の行動に、まるで愛を囁かれているような気分になって、危うく自分を抑えられなくなるところだった。

本当なら部屋まで送りたかったが、全神経を集中させて、手を出すのを思いとどまるので精一杯だった。

何度も深呼吸をし、少し気持ちを落ち着けてから宗一郎は身体を起こす。ヘッドレストに頭を預けて考えた。

さっきの日奈子の行動は宗一郎にとっては危険すぎる。だが、彼女の口から前向きな言葉が出たことに、大きく安堵していた。

彼女は確実に新しい一歩を踏み出した。長い間担ってきた兄のような存在としては、それを穏やかに見守りたいという気持ちもある。

彼女に笑顔が戻るならそれでいい。そのために生涯をかける、そう誓っていたのだから。

……だが。

もうそれだけでは、満足できない自分が確実に存在する。日奈子の気持ちが追いつくまでは手を出さない約束をしたことを後悔しているくらいだった。

さっきの日奈子の行動は、恋愛経験のない彼女にとっては、深い意味などないものに違いない。

幼い頃から一緒にいる兄のような存在に、ただ感謝の思いを表しただけなのだろう。

――だが、もしまた同じようなことを彼女がしたとしたら。

「我慢できる自信はないな」

呟いて、宗一郎は目を閉じた。

5、自分の心に素直に生きる

青い空のもと、東京の街が午後のひと時を刻んでいる。

ホテル九条東京のロイヤルスイートルームのリビングでは、美鈴と彼女の母親が向かい合わせに座っている。

日奈子は、ソファに座る美鈴に跪《ひざまず》く形で彼女にハンドマッサージを施していた。が、これはあくまでもただのふりだ。日奈子はセラピストではないから本来はこのようなことはしない。今は彼女に、ここにいてほしいと言われたのだ。

おそらくその理由は、彼女と母親の関係だろう。良好な関係ならば、部屋から出ていってほしいと言うはずだ。

三十分ほど前に突然フロントへやってきて美鈴の部屋まで通せと言った母親に対して、ホテルスタッフは当初の申し送り通り、美鈴がホテルにいるかどうかも伏せたまま、まずは美鈴に確認した。

実はこういうことは何度かあって、彼女はそのたびに居留守を使っている。今回もそうするのかと思ったが、今日は会うことにしたようだ。

『だけど、どうも会うと喧嘩《けんか》になっちゃうのよね。だから鈴木さん、なにかやってるふりをして部屋の中にいてくれない？　母も私も誰かがいたらいつもより落ち着いて話せるだろうし』

そして今、こうして美鈴にマッサージを施しているというわけだ。

「せっかく帰国してるのに、あなた全然、連絡つかないじゃない」

和服姿の母親が紅茶をひと口飲み、さっそく小言を言っている。美鈴によく似た美女だった。

「仕事が忙しいのよ。帰国している間にしなくちゃいけないことがたくさんあるんだもの」

悪びれることなく美鈴が答えた。

「忙しいって言っても……。そもそもあなたいつまでロサンゼルスにいるつもり？　そろそろ日本に戻ってきなさい。……聞いたわよ、お付き合いしている方がいるんでしょう？　今回はお父さんがちゃんと話を聞きたいって言ってたわ」

母親が日奈子の方をちらちら見ながら声をひそめた。

はっきりとは言わないが、おそらく彼女と宗一郎の熱愛疑惑のことだろう。

確か宗一郎は、ある事情からそういうふりをしていると言っていた。どういう事情かは知らないが、それが彼女の母親にまで伝わっているのだ。平静を装いながら、日奈子ははらはらする。

一方で美鈴は、機嫌よく口を開いた。

「まぁそれは、具体的な話になったらきちんと私から報告するわ。今は見守ってくださいな。あまり騒がれると、うまくいくものもいかなくなっちゃうわよ。なんといっても今回は今までの相手とは違うんだから」

明言を避けつつ、暗にうまくいっているようなことを言っている。

母親が嬉しそうに頷いた。

「それならまぁ……確かに。あなたも大人だものね。今回は大人しく待つとしましょうか。それにしてもあなたもようやくものがわかるようになってきたのね。お父さんには私から待つように言っておきます」

「ありがとう、よろしく」

美鈴が言うと母親が眉を寄せた。

「それはそうと、あなた先月の雑誌の表紙見たわよ。あれなあに？　どうしてあんなに肌の出た服を着てるの？　あれは……」

久しぶりに会えた娘に、母としては言いたいことがたくさんあるようだ。くどくどと、あれこれ小言を言い続ける。日奈子がいてもお構いなしである。

自分がいる意味があまりなかったかもしれないと日奈子が思いはじめた頃、母親の言葉を美鈴が遮った。

「あー、お母さん、時間大丈夫？　着物を着てるけど、どこかへ行く予定なんじゃないの？」

「あら本当、いつの間にかこんな時間」

そう言って母親は立ち上がる。どうやら美鈴の言う通りこの後予定があるようだ。

助かったというように息を吐いて、美鈴も立ち上がり、ふたりしてスイートルームの玄関へ向かう。扉の取っ手に手をかけて母親が振り返った。

「じゃあ、さっきの話忘れないで、ちゃんと報告するのよ、待ってるから」

「はいはい」

時間が気になるのだろう、腕時計を見ながら母親が扉を開けて出ていこうとするのを美鈴が呼び止めた。

「あ、お母さん」

母親が振り返った。

「元気でね」

「あら、なあに？　ダメよ。戻る前にもう一度くらいこっちへ顔を出しなさい」

「うん、そのつもりだけど。私、本当に忙しいのよ。もしかしたら、無理かもしれないから、念のため言っとく」

そして彼女は母親がなにか言う前に「じゃあね」と言って、扉を閉めた。そのまましばらく扉の前でたたずんでいたが、やがて振り返り微笑んだ。

「鈴木さん、ありがとう。イレギュラーなことお願いしちゃって申し訳なかったわ。私と母親、親子なんだけど考え方が全然合わないの。それなのに無駄に気が強いとこだけ似ちゃったみたい。あなたがいたおかげで、今日はいつもみたいに言い合いにならずに済んだ。助かったわ」

「私はなにも……ですが、お役に立てたのならよかったです」

日奈子がそう言うと、彼女は無言で窓辺に歩み寄り、窓からの景色を見つめた。

「最後だから、喧嘩したくなかったの。……よかった」

最後という言葉に息を呑む日奈子を見て、美鈴がふっと笑った。

「私、もうすぐ婚約者のところへ行くのよ。モデルもやめて、生まれた家を捨てて。いわゆる駆け落ちね。ロマンチックでしょう？」

少しおどけてそう言う彼女に、日奈子は目を見開いた。

「駆け落ち……？」

「今回はその根回しのために帰国したの。実家はともかく、お世話になった仕事関係の人にはなるべく迷惑をかけたくないもの。どうしたって不義理をすることにはなるだろうけど」

「駆け落ちということは、ご両親に反対されているお相手なのですか？」

口に出してから日奈子はしまったと思い口を閉じる。ホテルスタッフとしては、少し行きすぎた質問だ。客から話を聞くのはともかくとして、こちらから踏み込んだことを聞くべきではない。

だが美鈴はとくに気にする様子もなく頷いた。

「正確にはまだ話をしてもいないけどね。……彼、外国人なのよ。しかも、とくにお金持ちでも社会的地位の高い人でもない。私の仕事ですらやいやいうるさくて、三十五歳までには日本に戻って見合いをしろとうるさく言う両親が絶対に許してくれるわけがないのよ。だから……ね」

そう言って美鈴は少し寂しそうな目をした。

永遠の別れというわけではなくとも、しばらくは日本に戻るつもりはないのだろう。母親とも当分は会えないのだ。最後は喧嘩したくなかったという言葉から考えると、ソリが合わなくとも憎み合っているわけではないのだろう。

それでも彼女は旅立つのだ。

そのことに日奈子は衝撃を受けていた。

今まで築いてきたキャリアを捨てて、育ててもらった両親に背いても、彼女は愛おしい人と歩む道を選ぼうとしている。

その強さはいったいどこからくるのだろう。

「宗一郎との熱愛疑惑を放っておいたのは、そのためなのよ。彼と付き合ってるって思ったら両親も静かにしてるでしょ？　おかげで邪魔されることなく、最後の仕事を終えられそう。宗一郎とはお互いに恋愛感情はないから、安心してね」

そう言ってにっこりと笑う彼女に、日奈子は「え？」と声を漏らして、目をパチパチさせる。

話の流れからして、熱愛疑惑を否定するのはわからなくはないが、『安心して』とは……？

首を傾げる日奈子に、美鈴がふふふと笑う。

「あなた、宗一郎の彼女なんでしょう？　宗一郎から聞いたわよ。あれ？　片想いだったかしら？」

その言葉に仕事中だということも忘れて日奈子は声をあげてしまう。『彼女』『片想い』という言葉に、みるみる頬が熱くなっていくのを止めることができなかった。

「宗一郎は恋人はいないって言ってたから、熱愛疑惑を否定しないでほしいって話、気軽に頼んでしまったのよね。申し訳なかったわ。私が日本をたったら正式にエージェントから疑惑は否定するけど、自分の口からあなたにちゃんと言っておきたかったのよ」

「え!」

「それは……、その」

どう答えればいいかわからなくて日奈子はあたふたしてしまう。

「私、か、彼女ってわけじゃ……」

その日奈子の反応に、美鈴が噴き出した。

「じゃあやっぱり宗一郎の片想いなのかしら？　あの冷徹男が、ずいぶん苦戦してるみたいね。おかしい……！」

そう言って笑い続けている。

日奈子はますます真っ赤になった。

「しかも、あなた宗一郎の幼なじみなんでしょう？　私それを聞いて思い出したことがあるの。学生時代の彼のこと。……あの子たちの勘はあたったってわけだ」

意味不明なことを言われて日奈子が首を傾げると、彼女は説明しはじめる。

「宗一郎とは学生時代からの付き合いなの。あの頃から彼、見た目はいいし九条家の御曹司だし、ホテル経営にも関わっていたから、女の子たちには人気で、常に彼女の座は皆に狙われていたの」

美鈴の言葉に日奈子は頷いた。

日奈子の目から見ても彼はずっとカッコよかった。同じ学校に通ったことはないが、人気があって当然だと思う。

「自分からっていうのはなかったみたいだけど、彼もタイミングが合えばって感じで応じていて。だから時々彼女はいたんだけど、あまり長続きはしなかったのよ」

彼女はそこで言葉を切って、〝どうしてだと思う？〟というように日奈子を見る。

日奈子が首を傾げると、くすりと笑って、また口を開いた。

「彼女側の愚痴は噂でよく回ってきたんだけど、彼、忙しかったからなかなか会えないのよ」

その話は納得だった。学生の本分は学業だが、彼はすでに経営者としての道も歩みはじめていたのだから、他の学生よりは忙しかったに違いない。

「まぁ、仕事やレポートの時間は仕方がないけどね。せっかく空いたスケジュールの中に、妹みたいな親戚の子の家庭教師っていうのがちょくちょく入る、これが許せないってね」

そう言って美鈴はふふふと笑った。

「あなたでしょう？」

「え⁉　えー……、そうですね。……おそらく」

尋ねられて、ドギマギしながら日奈子は答えた。

宗一郎が大学生の頃、日奈子は中学生。勉強がぐんと難しくなってついていけなくなっていた。周りは塾に行っていたけれど、母にはそんな経済的余裕はなかった。

そうしたら宗一郎が家庭教師を申し出てくれて、彼の都合がつく日にお願いすることになったのだ。

忙しいのだから無理はしないでほしいと母は彼に何度も言っていて、実際たくさんの時間が取れたわけではない。それでも週に何回かは時間を作ってくれた。

「せっかく空いた自由な時間を、妹みたいな親戚の中学生に取られるんだもの、彼女としては許せないわよね。でもそんな子よりも私を優先してって言ったら、もれなくフラれちゃうんだって一時期噂になってたのよ。シスコン男なんて罵ってる娘もいたわ。結局はそんな批判なんかまったく影響なくモテまくっていたけどね」

当時日奈子は中学生だったから、当然宗一郎の外での顔など知らなかった。そんなことになっているなんて驚きだった。

「あの時は私、中学生に嫉妬するなんて馬鹿じゃないのって思ってたの。そんな子供っぽいこと言ってたら、フラれるのも当然だって。でも今この状況をみたら、彼女たちの勘はあながち間違いじゃなかったみたいね」

そう言って美鈴は、意味深な笑みを浮かべて日奈子を見る。

日奈子は慌てて口を開いた。

「そ……！　家庭教師をしてもらっていたのは確かですが、そんなつもりはなかったと思います」

「もちろん、その当時からってことはないだろうけど、誰よりも大切に思っていたことは確かみたいね」

美鈴がにっこりと笑う。

「彼すごく一途よ。だから考えてあげて？」

そう言って窓の外に視線を送った。

「私、宗一郎には幸せになってもらいたいの。なんていうかな、同志のように思ってるのよ」

「同志？」

「そう、ふたりとも旧財閥家に生まれて、重いものを背負わされてきたという意味でね。私はすべてを捨てて、自分の幸せのみを考えて生きるけれど、彼はすべてを背負い彼を取り巻く人たちの幸せのために生きるのよ。相当な覚悟が必要だわ」

彼女はそこで日奈子に視線を戻した。

「私、彼のことも心から応援してるの。だからせめて彼が本当に愛する人にパートナーになってもらいたいと思うじゃない？　もちろんあなたの方もそれを望んでいれば、の話だけど」

静かな口調でそう言う彼女の眼差しにも、覚悟が滲んでいるように思えた。

すべてのものを捨てて反対を押し切ってでも自分の信じる道を進む、それだって宗一郎と同じくらいの覚悟がいると日奈子は思う。

「反対されても、自分の決めた道を選ぶのは、怖くないですか」

日奈子は思わず問いかける。

ホテルスタッフとしては踏み込みすぎの質問だ。でも聞かずにはいられなかった。

どうしてそんなことができるのか。その強さはどこからくるのか。

美鈴が目を細めて、青い空を見上げた。

「怖くても、後悔したくないもの。人生は一度きりなのよ。親や周りが、私のために言っているのはわかっていても、その人生を生きるのは私なの」

「その人生を生きるのは私……」

「自分の気持ちに素直でいたいじゃない？」

「ご両親に反対されても……？」

その言葉に美鈴は大きく頷いた。

「両親は私が幸せにやっていれば、いつかわかってくれるわよ」

そう言ってにっこりと笑う彼女を日奈子は美しいと思う。そしてこの強さが自分にもあればいいのにと心から思った。


午後八時を過ぎた自宅マンションの部屋で、チェストの上の母の写真を手に取って、日奈子は昼間の美鈴の言葉を考え続けていた。

「自分の心に素直に生きる……」

美鈴の言葉が、頭の中で『本質を間違えなければ』という宗一郎の言葉と重なった。

例えば日奈子が、母の言葉に背いたとしても、宗一郎と幸せになれれば、母は許してくれるだろうか。

「お母さんは、私が幸せになるなら許してくれる？　それとも、やっぱり釣り合わないって思う？　大奥さまの恩を仇《あだ》で返すのは許さない？」

写真の母に問いかけても、もちろん答えは出なかった。

生きていてくれればと心底思う。例えばそれで反対されて喧嘩になったとしても、生きてさえいてくれれば、話し合ってわかってもらう方法があるのに……。

ため息をついて写真を置き、ベッドにごろんと横になった。

携帯を手に取ると、メッセージアプリの宗一郎の画面を開いた。プロポーズを受けてから、携帯を開くと必ず確認するようになった。

一緒に天ぷらを食べた夜から一週間、直接顔を合わせていない。日奈子の夜勤が続いていたからだ。今日は早番だったけど、おそらく彼の方が忙しいのだろう、連絡は入らなかった。

考えてみれば、今まで、日奈子の方から連絡したことはほとんどない。彼は忙しい人だから、よほどのことがない限り、連絡するべきではないと思っていたからだ。

……だけど。

なんだか、無性に会いたかった。彼の声を聞きたかった。

昼間に美鈴の話を聞いて、またひとつ、彼の深い愛を知った。その愛に応えたいという思いは、もう抑えられなくなりつつある。

ましてや自分を信じて愛する人との幸せな道へ進もうとしているひとりの女性の覚悟を目のあたりにしたのだ。

それができる強い心を持つ彼女を心底羨ましいと思う。

『自分の気持ちに素直でいたいじゃない？』

美鈴の言葉が頭に浮かぶ。

日奈子は深呼吸をひとつして、通話ボタンをタップした。

《日奈子？　どうした？》

二コール目で出た彼の声に、日奈子は泣きだしそうになってしまう。その場にはいないはずなのに、温もりが伝わってくるようだった。

――こんなにも自分は彼を愛してる。

「宗一郎さん、いきなりごめんね。……まだ仕事中だった？」

《いや、大丈夫。今終わったところだ。それよりどうしたんだ？　なにかあったのか？》

心配そうに彼は問いかける。日奈子から連絡するなんてほとんどないことだから、戸惑っているのだろう。

「……なにも、ないんだけど」

ただ声が聞きたかっただけ。でもそこまでは言えなくて口を噤むと、宗一郎が問いかける。

《今、家か？》

「うん……」

《わかった、すぐ行く》

迷いなくそう言って、彼は通話を切った。

おそらく、仕事終わりで本社にいたのだろう。

ほどなくして日奈子のマンションのインターフォンが鳴った。

オートロックを解除して、次にドアのインターフォンが鳴ると同時に日奈子はドアを開けた。

「いきなり開けるなと言っただろう」

宗一郎は一瞬渋い表情になったが、すぐに日奈子を窺《うかが》うように見る。

「どうした？　大丈夫か？」

「寒いから、中に入って」

日奈子が言うと、彼は一瞬躊躇したものの、頷いた。

部屋でベッドに横並びに座ると、宗一郎が日奈子の頭に手をのせて、また心配そうに覗き込んだ。

「大丈夫か？」

「大丈夫。あの……ごめんなさい、急に電話したりして」

「いや、それはかまわない。ちょうど仕事が終わったところだったし。今日は終わりの時間が読めなかったから連絡しなかったんだが……寂しくなったんだな。こういう時は、いつでも呼んでくれたら俺は来るよ」

頭に感じる温もりと優しい眼差しに、日奈子の胸はギュッとなった。

彼は日奈子が孤独を感じてＳＯＳを出したのだと思ったのだ。だから一日中働いて疲れているのにこうやって飛んできてくれた。

――どうしてもこの人と一緒にいたいと強く思う。

彼の愛に包まれている、これが日奈子の幸せで、それ以外に幸せになる道はない。

自分だって、宗一郎に負けないくらい深く彼を愛しているのだから。

言えない想いで胸をいっぱいにして、日奈子は宗一郎を見つめる。

自分の気持ちに素直でいたい、という美鈴の言葉がまた頭に浮かんだ。

言ってしまおうか？

「日奈子？」

宗一郎が首を傾げる。

——でもまだ勇気が出なくて、日奈子は目を伏せた。

そして、思いついたことを口にする。

「鳳さまのお母さまが、ホテルの方へみえたの。いつもはお会いにならないのに、今日はお会いになって……」

「へぇ、会ったのか」

「お母さまが帰られた後にね、鳳さまがモデルもやめて駆け落ちするって話も聞いたの」

日奈子がそう言うと、宗一郎が意外だというような表情になった。

「そこまで話したのか」

彼女の駆け落ちは、極秘事項。それをなぜ日奈子に言ったのかと思ったのだろう。

「宗一郎さん、私たちのこと鳳さまに話したでしょう？　だから……それで。宗一郎さんとの熱愛疑惑は事実無根でお互いに恋愛感情はないって自分の口から私に言っておきたかったっておっしゃってた」

宗一郎がふっと笑った。

「彼女らしいな」

「宗一郎さんの昔の話も聞いたよ。大学の女の子たちが皆宗一郎さんの彼女になりたかったっていう話」

その言葉に、宗一郎は肩をすくめた。

「大袈裟だな。べつに普通だよ」

「……でも、女の子が途切れなかったって話だけど」

「それも言いすぎ。学生時代から、経営に関わっていたから、そんなに時間取れなかったし」

その答えに日奈子はなんだかモヤッとする。何気なくはじめた話のはずなのに、彼の答えを不満に思ってしまう。

「だけど、彼女はいたんでしょ？」

「そりゃいたことはあるけど」

とぼけているのかなんなのか、大したことではないというような宗一郎の口ぶりに、日奈子はますますもやもやするのを感じて、さらに追及する。

「好きだから付き合ったんじゃないの？」

言ってから、ハッとして口を閉じる。

これじゃあまるで嫉妬しているみたいだ。日奈子は慌てて取り繕う。

「えーっと、べつにいいんだけど」

もごもご言うと、宗一郎がふっと笑う。熱くなる日奈子の頬を優しく摘んだ。

「気が合いそうだと思って何人かとは付き合った。だけど結局誰にも本気にはなれなかったな。日奈子に対する気持ちが、妹への親しみから女性としての愛情へと変わってからは、誰とも付き合っていないよ」

「そうなんだ……」

「で、今は日奈子に、兄から男に見られようと必死になってるってわけだ」

目を細める宗一郎に、日奈子の胸はきゅんと跳ねた。

「必死って……。宗一郎さんの方が大袈裟」

「大袈裟じゃないよ。思ってたよりも日奈子、恋愛に関しては初心者だったからな。……あの初恋の話は嘘だろう？　まぁ、日奈子がこうなったのは、過保護に育てた俺のせいでもあるんだが」

そう言って宗一郎は笑っている。

その笑顔、声音、彼のすべてに日奈子の心は揺さぶられる。

『素直に』

頭の片隅で聞こえた美鈴の声に、自分の声が重なった気がした。

「……かるもん」

呟くと、宗一郎が笑うのをやめて日奈子を見た。

「日奈子？」

「私にだってわかるもん。男の人を愛してるっていう気持ちがどういうものなのか」

そう言って日奈子は宗一郎を見る。

兄のような存在として彼のことは記憶にある限り大好きだった。その気持ちが、男性に対する愛情に変わったのは高校生の時。それからずっと日奈子は彼に恋焦がれ続けている。世界でただひとり彼だけを愛している。

いつになく真剣な表情の日奈子に、宗一郎が目を見開いた。

「日奈子……？」

「あの初恋の話は嘘だけど……。だけど、私……」

日奈子の胸が痛いくらいに高鳴った。

自分の気持ちに正直に素直でいたいという思いに突き動かされるのを感じている。

熱い思いでいっぱいで、息苦しさすら感じるくらいだった。

「私……私……！」

「……日奈子」

宗一郎が、一段低い声を出した。

自分を見つめる彼の瞳になにかが灯り、腰に腕が回される。引き寄せられ、腕の中に閉じ込められると、彼の香りが濃くなった。

「日奈子、自分を愛してるという男を前にして、そんな顔をするんじゃない。なにをされても文句は言えない。……俺は、夜はあの約束を守れないと言ったはずだ」

咎めるように彼は言う。

いつもとは少し違うその視線に日奈子の身体は熱くなった。

紳士的で理性的な普段の彼とは明らかに違う。日奈子の返事次第ではいつでも一線を越えてやると彼の視線が告げている。

その甘い警告に、日奈子の脳がちりりと痺れる。こくりと喉を鳴らして口を開いた。

「……わかってる。それもちゃんと、わかってる」

その日奈子の答えに、宗一郎が眉を寄せて、唇を歪めた。

親指が、日奈子の唇をゆっくり辿《たど》る。

それだけで、吐息が漏れてしまいそうで、日奈子はそれを必死に耐えた。

まるで感覚のすべてがそこに集中したみたいに、彼の親指の感触だけをリアルに感じている。身体の奥底の熱いなにかが、溶け出るような感覚だ。

いつもは優しい彼の目が、今は怖いくらいに鋭く日奈子を見つめている。

今すぐにでも食べ尽くされそうな危機感に襲われて、日奈子の背中を甘いぞくぞくが駆け抜けてゆく。

もう一秒だって耐えられないと思うのに、彼はもう一度ゆっくりと唇を指で辿る。

怖いくらいに、日奈子から目を逸らさずに。

「あっ……」

日奈子の口から漏れた声に、宗一郎が動いた。

抱き込まれ、そのまま唇を奪われる。

——愛おしい彼の唇の感覚は、気が遠くなるほど、柔らかくて熱かった。

そしてその感触に、身体と心が宙に浮くほどの幸福感に包まれる。

はじめてのキスを大好きな人に捧げられた喜びに日奈子の胸は満たされていく。

でもすぐに口の中まで入り込んだ彼の熱によって、なにもわからなくなってしまう。

「んっ……」

「んんっ……」

未知の衝撃を自分だけでは抱えきれず、背中を大きくしならせて彼のシャツを握りしめる。

その日奈子をがっちりと抱き込んだまま、彼は日奈子の口の中で動き回る。滴《したた》る蜜《みつ》を舐め尽くすかのように、日奈子の中を堪能する。

彼から与えられる恐ろしく甘美な感覚に、日奈子は夢中になっていく。

息苦しくて、脳が焼け切れてしまいそうなのに、もっと欲しくてたまらない。

「日奈子、ちゃんと息をしろ」

息継ぎの合間にほんのわずかに唇を離して宗一郎が囁いた。

「あ……わ、わからな……んん……！」

「……そう、上手だ。もう一度、口を開けて」

宗一郎の低い声を道しるべに、日奈子は彼の思うままになっていく。

ずっとずっとこうしていたかった。

ふたりの吐息を混ぜ合うたびに、少しずつ心が強くなっていく心地がする。

私は彼しか愛せない。

彼さえいれば、どんなことも乗り越えることができるはず。

私はひとりではないのだから。

「日奈子、愛してる。愛してるよ」

いつの間にか熱い吐息が耳をくすぐり、日奈子への愛を囁いた。

「あ……宗……」

——ピリリリ。

携帯の着信音が、静かな部屋に響き渡る。宗一郎がぴたりと手を止めた。

ハッとして日奈子も目を開く。この着信音は自分の携帯だ。

宗一郎が、目を閉じてふーっと長い息を吐いて、日奈子をそっと解放する。

火照《ほて》る頬をもて余しながら、日奈子はベッドに放りっぱなしになっていた携帯を手に取った。画面を確認して首を傾げる。宗一郎の母、九条敬子からの着信だった。

「……奥さま？」

呟いてすぐに携帯をタップした。

「はい」

《もしもしひなちゃん、今いいかしら？》

彼女はすぐに明るい声で話しはじめる。

《ちょっと話があるのよ。今度、家に来てほしいの。すごくいい話》

「え？　話？　……お伺いするのはもちろん大丈夫ですけど」

答えながら日奈子は宗一郎を見る。敬子は他でもない宗一郎の母親なのだ。〝すごくいい話〟の内容を知っているかと思ったのだ。

スピーカーにしていないというのに、大きくて明るい敬子の声は、静かな部屋の中で丸聞こえである。

彼は今のやり取りでなにかを悟ったようだ。なぜか苦々しい表情になる。

そうとは知らない敬子はご機嫌で話し続ける。

《じゃあ、ひなちゃんの次の休みを教えて。お父さんにも同席してもらわなくちゃ。あ、それからこの話は、絶対に宗一郎には内緒でお願いね。知られたら邪魔をされるから》

その言葉に、日奈子はぎょっとして隣の彼を見る。内緒どころか今この瞬間に聞かれてしまっている。それを言わなくてはと思い口を開く。

「あの……奥さま。その……」

だが、なんと言っていいかわからず、口ごもる。

《できれば宗一郎が絶対に実家に帰ってこない出張の日がいいんだけど。ちょっとお父さんに確認してもらおうかしら。怪しまれないように、会社のシステムから見ても

ら って……》

とそこで、日奈子の携帯は、宗一郎に奪われた。

「ちょっと、宗一郎さん！」

抗議する日奈子をチラリと見て、宗一郎が携帯を耳にあて口を開いた。

「今からふたりでそっちへ行く」

低い声でそれだけ言うと、返事を聞くことなく携帯を切った。

宗一郎が運転する車で九条家へ行くと、屋敷では宗一郎の両親、宗介と敬子が待っていた。

「よく来たね、ひなちゃん」

ふたりは日奈子をにこやかに迎え、宗一郎を苦々しい表情で見た。

「宗一郎もお疲れさま。今日は仕事が早く終わったんだな」

「秘書室から働きかけがあって、最近はなるべく早く帰宅するようにしている。報告も入れたはずですが」

「そ、そうだったかな……。まぁとりあえず、リビングで話そう」

リビングスペースで、日奈子と宗一郎は九条夫妻と向かい合わせに座る。

なんだか異様な雰囲気だ。話の内容は日奈子に関することなのは間違いないが、まったく見当もつかなかった。

まずは宗介が口を開いた。

「ひなちゃん、仕事はどうだい？　ひとり暮らしの方は困っていることはないか？」

彼は、会うと決まって日奈子に近況を聞く。

少し緊張していた日奈子は、宗介のいつもと同じ穏やかな口調にホッとして答えた。

「はい、旦那さま。仕事はとても楽しいです。接客はまだまだですが、ホテル九条のフロントに立てるのを誇らしく思う毎日です」

「うんうん、しっかりやってるみたいだね。万里子さんも喜ぶだろう」

「はい。母はホテル九条が末長くお客さまに愛されることを望んでいましたから。私が少しでもその役に立てているなら、喜んでくれるだろうと思います」

これもいつものやり取りだった。

すると宗介の隣で敬子が微笑んだ。

「だけど、万里子さんはきっと、ひなちゃんがうちで働いていなくても、元気にやってるというだけで喜んでいると思うわ」

その言葉に、日奈子は彼女に視線を送る。

「万里子さんは私にとって、お義母さまとの橋渡しをしてくれるお姉さんのような存在だったから。私、ひなちゃんのことも自分の子のように大切に思ってる。だから万里子さんの気持ちがよくわかるの。万里子さんはきっと、ひなちゃんがうちとは関係のない仕事をしていても喜んでくれているわよ」

自分を見つめる眼差しは、ありし日の母を彷彿とさせる。それをジッと見つめて、日奈子は頷いた。

「はい。……そう思います」

これもよくかけられていた言葉だ。でもまるで今はじめて言われたかのように日奈子の心に染み渡った。

母はきっと、日奈子が元気でいるだけで喜んでくれているだろう。

「だからね、ひなちゃん。私たち、父と母のような気持ちで、ひなちゃんにいいお話を持ってきたのよ」

そう言って敬子が本題に入る。

日奈子に向かって、封筒を差し出した。

首を傾げて彼女を見ると、にっこりと笑って頷く。中を見てほしいということだ。

戸惑いながら手を伸ばすと、寸前で宗一郎に奪われた。

「あ」

「ちょっと、宗一郎！」

敬子の抗議を無視して、彼は封筒を開き中身を確認する。

驚いたことに封筒の中身は、見合いの釣書だった。穏やかに微笑む男性の写真の肩書きは、日奈子でもよく耳にする不動産会社の取締役常務だ。

「日奈子に見合い話を持ってくるのはやめてくれと言ってるだろう。まだ時期尚早だと何度言ったらわかるんだ。しかも俺を通さずに日奈子に直接言おうとするなんて、どういうつもりだ？」

宗一郎が敬子に向かって小言を言う。

敬子が不満そうにした。

「あなたを通したら全部潰しちゃうからじゃない。確かにひなちゃんの気持ちも大切にしなきゃいけないけど、こういう話はタイミングも大事だもの。いい話は逃さないようにしなきゃ」

敬子が日奈子に向かってにっこりと笑った。

「社長の次男さんで、やり手で将来有望だって話なのよ。真面目で優しそうな方でしょう？　一度会ってみない？」

あまりにも驚きすぎて日奈子は返事もできなかった。見合い話というだけでも青天の霹靂《へきれき》なのに、相手の肩書きが立派すぎる。恐れ多いなんてものじゃない。間違いじゃないかと思うくらいだ。

「お茶の先生からのお話なの。うちで娘のように可愛がってる子がいるって、ひなちゃんの話をして写真を見せたら、お似合いじゃないかって話になって」

敬子がにこにことして話を進める。

なにも言えない日奈子の代わりに宗一郎が口を開いた。

「この男、知ってるよ。やり手というのは本当だ。ただし母さんが思ってるのとは別の意味で」

「……別の意味？」

敬子が瞬きをしつつ、宗一郎に聞き返した。

「ああ、この会社は何年かに一度、イメージモデルを起用する。そのモデルにことごとく手を出してるって業界では有名だ。真面目で誠実そうな見てくれと社長の息子っていう肩書きに、若いモデルはころっと騙《だま》されるらしい。だがモデルが代わるたびに乗り換えるからそのたびに揉めるって話だ」

不機嫌に言い放ち、釣書を机に置いて腕を組んだ。

彼が口にした見合い相手の不穏な情報に、宗介と敬子が目を剥いた。

「ど、どうしてあなたがそんなことを知ってるのよ」

「業界の知り合いが愚痴ってたんだよ。後輩が何人か痛い目に遭ったらしい」

その言葉に、ふたりは顔を見合わせて黙り込んだ。

宗介は現社長ではあるものの、宗一郎が副社長に就任してからは、ほとんどの権限を移譲している。自分よりも息子の方が有能で頭がキレると知っているからだ。

その彼からの情報は無視できないようだった。

「……なら、ひなちゃんには相応しくない相手だな」

ため息をついて釣書を封筒に戻した。

そこへ宗一郎が文句を言う。

「母さん、日奈子の写真をむやみやたらと人に見せるのはやめてくれ。なにかあったらどうするんだ」

「もちろん信用できる相手だけよ。可愛さは武器なんだからどんどん活用しなくちゃ。中身がいいのは私が保証するって言ったら、皆さん興味津々で……。いい話があると持ってきてくださるの」

そのふたりのやり取りを日奈子は目を丸くして聞いていた。

「いい話が聞いて呆れる。こんな男を日奈子に会わせようとするなんて」

「これは……。ちょっとよくなかったけど、宗一郎の条件も厳しすぎ。一番大事にしなきゃいけないのは、ひなちゃんとの相性なのに」

「日奈子だってもう大人なんだから、誰と結婚するかは本人が決める。母さんたちは口を出さないでくれ」

そう言って彼は膝の上に置いた日奈子の手に自分の手を重ねた。

唐突な彼の行動と日奈子を大切に思ってくれている真っ直ぐな言葉に、日奈子の鼓動が飛び跳ねる。

九条夫妻に今のふたりの関係を気付かれないようにしなくてはと思うのに、頬が熱くなるのを止めることができなかった。

敬子がため息をついた。

「ひなちゃんに不足があるとしたらこのうるさい兄がいることね」

睨み合い、あれやこれやと言い合うふたりを、宗介があたふたと止めようとする。

「こ、これお前たち、落ち着きなさい」

が、あまり効果はなかった。

「もうこの際だから、ひなちゃんに言っておくわ。これからは宗一郎は飛ばして、直接話を持っていくことにする。もちろん今回のような変な人じゃないか十分注意するから……」

その言葉に日奈子は慌てて首を横に振る。

「だけど奥さま、使用人の娘なんかが九条家に来る縁談を受けるなんておこがましいです」

「そんなの関係ないわ。ひなちゃんは私たちにとって娘同然だもの。宗一郎がまったく結婚する気がないものだから、ひなちゃんをつい心配してしまうのよ。宗一郎の縁談だって降るように来るのにこの子ってば……」

敬子が宗一郎を見る。

「必要ない。相手は自分で選ぶ」

宗一郎が言い切り、敬子が肩をすくめた。

「それに母親としても結婚相手として宗一郎がすごくおすすめかといわれたら、どうなのかわからない部分もあるのよ。そりゃ息子だから可愛くないわけじゃないけど、いまいちなにを考えているのかわからないところがあるじゃない？　ひなちゃんにべったりだし。奥さんになる方は苦労するんじゃないかしら」

母親にめちゃくちゃ言われても、宗一郎は平然としている。

宗介が困ったように微笑んだ。

「早く自分で納得いく相手を選んでくれることを祈るばかりだよ」

「本当に。自分の縁談には見向きもせず、ひなちゃんの縁談の邪魔ばかり……。そんなにひなちゃんが大事なら、自分が結婚すればいいじゃない。私たちは賛成よ？」

敬子の言葉に、日奈子は言葉もなく目を剥いた。今のふたりの関係がバレたのだろうかと不安になるが、そういうわけではなさそうだ。

宗介が笑いながら妻を嗜《たしな》めた。

「それは乱暴な話だよ、敬子。確かにひなちゃんなら、宗一郎ともうまくやっていけるだろうが、ひなちゃんの気持ちを一番に考えないと。そんなことを言ったりしたら、ひなちゃんにとってこの家の居心地が悪くなる。もう家に来てくれなくなってしまうよ」

「それもそうね。ひなちゃん、ごめんね。今の話はなし。もう来ないなんて言わないで」

申し訳なさそうにする敬子に、日奈子は慌てて首を横に振った。

「そ、そんな……！　そんなこと言いません。むしろ宗一郎さんの相手が私だなんて、私の方が申し訳ない気分ですから。大奥さまに叱られます」

突然の話に少しパニックになって、日奈子は思ったままを口にする。

敬子が首を傾げた。

「お義母さまに？　どうして？」

「大奥さまは宗一郎さんには、いい家柄のお相手と結婚してホテル九条をさらに発展させてもらいたいって、いつもそうおっしゃっていましたよね。母も私も何度も耳にしていて……」

日奈子が言うと、敬子が眉を寄せた。

「いい家柄の……そんなことおっしゃっていたかしら？　あなた」

夫に確認をする。

宗介が首を横に振った。

「そんなはずはないな。確かに宗一郎の結婚相手は慎重に選べと言っていた。宗一郎は、ホテル九条を背負って立つ立場だからな。宗一郎が本当に心許せる誰かがそばにいる方がいい、むしろ見てくれや家柄に惑わされるなと言っていたような……。まぁ俺にばあさんみたいに人を見る目はないし、宗一郎に任せようと思っているんだが」

「え、そうなんですか……？」

日奈子が思っていたのとはまったく逆の内容だった。その話が本当なら……。

「で、でも母は、宗一郎さまは立派な家柄のお相手と結婚するんだって言っていました。それが大奥さまの願いなのよって」

「まぁ、万里子さんなら、お義母さまの言葉をそう捉えてもおかしくはないわね。本当にお義母さまと私たち家族によくしてくれたもの……。ひなちゃん、どうしたの？　真っ青よ」

敬子が眉を寄せた。

「大丈夫？」

「あ……だ、大丈夫です」

かろうじてそう答えるのが精一杯だった。頭が混乱して、胸がざわざわとしている。

母が言っていたことに、誤解があったのかもしれないと知ったからだ。

母が格差婚に反対していた理由は、自分の経験の他に、恩人である富美子の願いに背きたくなかったからだ。だからわざわざ〝宗一郎を好きになってはいけない〟というメッセージの中に富美子の名前を入れたのだ。

日奈子にとっても富美子は恩人で、それを忠実に守ろうとしていたのに。

もしその富美子の願いが母の思い違いだったとしたら……？

「日奈子？」

怪訝な表情で覗き込む宗一郎の瞳を見つめながら、日奈子はぐるぐると考え続けていた。

「今日はバタバタして悪かったな」

日奈子のマンションの前に車を停めて、宗一郎は運転席から日奈子を見た。

「そんなことは……。旦那さまと奥さまにお会いできて嬉しかったし」

九条家での会話の後、すっかり動揺してしまった日奈子は、疲れたから帰りたいと三人に告げた。そしてそのまますぐに宗一郎ともにマンションへ戻ってきたのだ。

ここまで来る途中、日奈子は、敬子と宗介それぞれからメッセージを受け取った。どちらも〝宗一郎と日奈子が結婚すればいいと言ったのは冗談だから本気にしないように。変なことを言って申し訳なかった〟という内容だった。

どうやらふたりとも、あの発言のせいで日奈子が動揺したと思ったようだ。兄のように思っている相手と結婚などと無理難題を言われて、日奈子がつらくなってしまったと。

それは、宗一郎も同じようだった。

「さっきの母さんの話は気にしなくていいからな。はじめに言った通り、たとえ日奈子が俺を男として見られなかったとしても、日奈子が大切なのは変わらない。父さんと母さんにとっても」

真剣な表情で念を押す。

日奈子は首を横に振った。

「それは心配していないけど……」

だけどどう考えればいいか、それがはっきりわからなくて、混乱している。

宗一郎に愛されて、日奈子の心の扉は開いた。母だってその変化自体は喜んでくれるはずと今は確信している。でも宗一郎とのことはまた別で、許してはくれないと思っていた。

もし、そもそも母が勘違いをしていたのなら……。

だけどそれを母に伝える手段はもはやない。母はもういないのだから。

日奈子の中に存在する、宗一郎の愛に応えたいという強い思い。この思いに素直に従ってもいいのだろうか？

母には伝わるはずと解釈して？

「日奈子……？」

心配そうに自分を見つめる宗一郎の瞳に向かって、日奈子は問いかける。

「宗一郎さん、大奥さまは私と宗一郎さんが結婚しても本当に失望されない？」

宗一郎が目を見開いた。

その問いかけで、日奈子が心配していたことの内容が少し伝わったようだ。

日奈子の両肩を掴み、真っ直ぐに日奈子を見た。

「大丈夫、彼女はそれを望んでいた」

力強い声で言う。

少し踏み込んだ表現に、日奈子は首を傾げた。

「望んでいた……？」

「いや、相手が日奈子だとは思っていなかったが、俺が心から愛する相手と一緒になることを望んでいた。それがひいてはホテル九条の発展に繋がるからだ」

そう言って彼は、肩の手に力を込めた。

「俺はずっと祖母から、ホテル九条のためにすべてを捧げろと言われてきた。それが使命だというならば、そうする覚悟もある。だがその重圧に耐え続けることは簡単ではないのも確かなんだ。それを身をもって知っているのは彼女だけだ」

彼の祖母は、息子ではなく孫である宗一郎にホテル九条の運命を託した。宗一郎にその資質が備わっていると思ったからだが、同時にそれがどれほどつらい人生になるかも知っていた。

「だから結婚相手だけは……慎重に選ぶべきではあるが、家柄や会社の利益は考えずに、本当に心許せる相手にしろとも言われていた。そうでなくては大企業のトップに立ち続ける重圧に耐えられないからな」

宗一郎の口から語られる富美子の言葉の真意は重いものだった。いばらの道を歩ませる孫に対する思いやりというよりは、あくまでもホテル九条を末長く存続させるためなのだから。それでも生きていたら、日奈子との結婚を反対しなかっただろう。

「実際、今まで来た見合い話の中には会社にとって非常に有利になるものもあったよ。受けていればもっと楽に、もっと早く業績を回復できただろう。そしてこれからの経営も格段にやりやすくなる」

彼の年齢と社会的地位から考えて、そのような縁談がなかったはずがない。慎重に選んでいたという日奈子の予想はあたっていたが、まったく理由は違っていた。

「だけど俺は迷うことなく断った。祖母が生きていても、そうしろと言っただろう。そして俺が日奈子を心から愛し一緒になりたいと願ったなら、賛成したはずだ」

日奈子を心から愛しているという宗一郎の言葉に日奈子の胸が飛び跳ねる。

彼からの愛の言葉はもう何度目かになるけれど、いつまで経ってもはじめて聞いた時のように鼓動がスピードを上げるのを止めることができなかった。

一方で、彼が言った富美子に対する言葉は間違いないと日奈子は思う。

胸に抱えていた重いものが、ひとつ、ひとつ、消えてなくなるのを感じていた。

残るひとつ、母の願いも乗り越えられると確信する。

母の願いは富美子から受けた恩に報いること、それから日奈子が幸せになることだからだ。

「俺は日奈子を愛してる。これから先なにがあっても日奈子以外の相手と結婚しない」

言葉に力を入れて彼は言う。日奈子の胸が熱くなった。これほどまでに日奈子を愛してくれる彼と、ともに人生を歩んで幸せになれないはずがない。

「宗一郎さん、私ね……」

決意を込めて日奈子が口を開きかけた時——。

コンコンと、運転席のウィンドウガラスを叩く音がして口を閉じる。

「すみません」

見知らぬ男性が宗一郎に呼びかけている。

警戒し、すぐに答えない宗一郎に、ガラスの向こうで男性がまた口を開く。

「失礼します、九条宗一郎さんですよね。私、こういう者ですが。モデルの美鈴さんとの件でお伺いしたいことがありまして」

そう言って名刺をこちらに見えるように出している。週刊誌の記者のようだ。

「日奈子、マンションへ入れ。エントランスまで送っていく」

低い声でそう言って、記者に離れてくれと合図を送ってからドアを開けて外へ出た。

日奈子も彼にならって車を降りる。

すかさず口を開きかける記者を宗一郎が止める。

「少しお待ちいただけますか。きちんとお答えしますので」

そしてマンションのエントランスまで日奈子と一緒に来てくれた。

記者は車のところで、待っている。彼に聞こえないぐらいの声のボリュームで宗一郎が謝った。

「日奈子、ごめん。話の続きはまた今度」

「うん……。だけど大丈夫？」

「ああ、思っていたよりも早く来たが、想定してなかったわけじゃないから、大丈夫だ。……だがこの後本社へ戻り対応する必要があるから、場合によってはそのまましばらく会いに来られなくなるかもしれない」

苦しげに彼は言う。

さっきの話は、ふたりにとって重要なことだ。中途半端なままはお互いに少しつらい。かといって、会社のトップのスキャンダルは業績に影響しかねない。早急な対応が必要だ。

これが、ホテル九条にすべてを捧げるということなのかもしれないと日奈子は思う。

プライベートは犠牲にして、会社のことを第一に考え、行動する。今までだって彼は、ほとんどの時間を会社のために使ってきたのだ。

——その彼を理解し、支えられるのは自分しかいない、という強い思いが日奈子の胸を貫いた。

自らの使命をまっとうする彼のそばにいられるのは自分だけだ。

「私、待ってるから」

はっきりとした声で日奈子は言った。

「すべてが終わったら、宗一郎さんに聞いてほしい話があるの。だから私、待ってる。宗一郎さんは、今やらなくちゃいけないことに集中して」

すべてが終わったら、自分の気持ちと母の願いを、はじめからきちんと話そう。

そう決意して日奈子は言う。思いを込めて彼を見つめる。

「大丈夫。宗一郎さん、私もう決めたから」

それで、日奈子の想いは宗一郎には伝わったようだ。どこか安心したように頷いて、微笑んだ。

「……わかった。電話とメールはできるだけする。遅番の時はちゃんとタクシーを使うんだぞ」

そして日奈子がマンションのエントランスを潜ったのを確認して、記者の方へ歩いていった。

「おはよー、日奈子」

ホテル九条東京の従業員用ロッカールームで、制服に着替えていた日奈子は声をかけられて振り返る。日奈子と同じ早番の莉子が出勤してきたのだ。

「おはよう」

彼女は日奈子の隣のロッカーを開けて着替えはじめた。

「いやー、大変だね。裏口にまでマスコミがいたよ。カメラも来てたけど、あれテレビかな。裏なんて、見張っても仕方がないのに」

「正面は、警備員さんがいるからね」

美鈴と宗一郎が結婚間近だというニュースが一部週刊誌で報じられたのが、一週間け巡った。それから各テレビ局がワイドショーで取り上げて、ニュースは一気に日本中を駆前。

美鈴が滞在しているホテル九条東京は、ピリピリとした緊張感に包まれていた。スタッフには箝口令《かんこうれい》が敷かれ、彼女が滞在するスイートルームへ入れる者も制限されているという落ち着かない状況だ。

「それにしてもこんなに大騒ぎになるなんて。言ってもモデルの結婚でしょう？　今時SNSでペロッと発表して終わりって芸能人も多いのに、やっぱり名門のお嬢さまは、話が違うのかな」

この話がここまで注目されているのは、モデルの結婚というエンタメ的な側面だけでなく、経済界に大きな影響を持つ鳳家と九条家の縁談だからである。

「だけどうちの副社長も美鈴も正式なコメントを出さないもんね。騒ぎがなかなか収まらないのも仕方がないよ。どうしてだんまりなのかな。発表しちゃえばいいのに」

美鈴、宗一郎双方がコメントを発表できないのは肯定はもちろんのこと、美鈴が日本を離れるまでは否定することもできないからだ。

そもそもSNS上だけでの疑惑にすぎなかったふたりの噂を週刊誌が掲載に踏み切ったのは、美鈴が近しい人たちに近々結婚すると報告したのが、リークされたからだ。その状況で婚約を否定したら、じゃあ相手は誰だという話になる。そしたら彼女は身動きが取れなくなってしまう。彼女は両親に秘密にしたまま婚約者のもとへ行きたいのに。

「さすがにこの一週間は副社長のお顔を拝見できないね。今までみたいに気軽に立ち寄るって状況にはないもんね」

服を脱ぎながら莉子が言う。

日奈子は無言で頷いた。

美鈴が滞在しているこの場所に宗一郎が来たら、それがたとえいつもの視察だとしても大騒ぎになってしまう。

今まではプライベートで会わない期間でもしょっちゅう顔を合わせていたのに、あの夜以来、日奈子は一度も彼の顔を見ていない。

メッセージは毎日来るし、都合がつけば電話もしてくれる。それなのに、こんなにも寂しく感じてしまう自分自身に驚きだった。

「日奈子、今日もスイートだよね」

制服を着終えた日奈子は、莉子の言葉に頷いた。

「うん、そう」

この一週間は、ほとんど美鈴のコンシェルジュとしての勤務ばかりだ。スイートルームに出入りするスタッフを限定しているからだ。

「じゃ、私先に行くね」

莉子に告げてロッカールームを後にした。

コンシェルジュのカウンターに行くと夜勤スタッフと引き継ぎをしてから交代をする。美鈴は部屋にいるようだった。

もっともこの一週間マスコミに追い回されている彼女はあまり外出をしていない。いつもはつらつとしている彼女も少し顔色がさえなかった。

その彼女に呼ばれたのは勤務を開始してすぐのことだった。部屋には彼女のマネージャーもいた。

「今日の午後、ホテルを発ちます。チェックアウトの手続きをお願いします」

ずいぶん急だと思ったものの日奈子は頷いた。

「かしこまりました」

「誰にも見られないようにホテルを出たいのですが」

「それについては、私どもでもいくつか方法を考えてありますので、支配人からお話しさせていただきます。呼んでまいりましょうか？」

日奈子が言うと、マネージャーがホッとしたように表情を緩めた。

「いえ、こちらから伺います。美鈴はここでまだ準備がありますので」

「では、さっそく」

マネージャーと一緒に日奈子が部屋を出ようとすると、美鈴が日奈子を呼び止めた。

「待って、鈴木さん。あなたには話があるから、ここに残ってほしいの」

その言葉に頷いて、マネージャーの案内は別のスタッフに任せて、日奈子は部屋に残る。

「そこに座ってくれる？」

促されるままに、美鈴と反対側のソファに座ると、すぐに彼女は口を開いた。

「すごくお世話なったのに、最後はこんなことになってごめんなさい。迷惑かけちゃった」

そう言う彼女はどこか元気がないように見えた。日奈子は首を横に振った。

「大丈夫です。お客さまおひとりおひとりの事情に合わせて快適にお過ごしいただけるよう心配りさせていただくのが私どもの仕事ですから」

「だけど宗一郎にも、余計な手間をかけさせてしまった。あなただって無関係ではないでしょう？　ここまでの騒ぎになったのは私の失敗だし。最後の最後に、足元をすくわれちゃった」

そう言って苦しげに眉を寄せた。

週刊誌が熱愛を報じたきっかけは、彼女がごく近しい数人に『近々結婚する』と報告したからだ。信頼できる相手だと思ったからこそ報告したのだろうが、そのうちの誰かから情報が漏れたということになる。そのことに気落ちしているようだった。

憂鬱そうに呟く。

「……宗一郎は、この世界でずっと生きていくのね。それなのに、最後の最後に負担をかけてしまったわ」

いつも光の中にいるように思える彼女の影の部分なのかもしれない、と日奈子は思う。恵まれた立場にいる分、それを妬《ねた》む者もいる。

いつもと違い肩を落とす美鈴に、日奈子の胸が切なくなる。

日奈子から見れば、ふたりとも凛《りん》とした強さと自信に満ち溢れているように思える。でも、確かに人間なのだから弱い部分もあるのだろう。

考えるより先に、日奈子は口を開いた。

「宗一郎さんは大丈夫です。きっと会社としてはこのくらいのことは想定していたはずですし、プライベートは私が支えますから。ですから鳳さまはご自身のこれからのことだけを考えて旅立ってください」

　あえて宗一郎を名前で呼び、決意を込めて美鈴を見る。

　新しい世界へ羽ばたく彼女の心の負担を少しでも減らしたいという思いだった。

　美鈴が顔を上げて驚いたように日奈子を見た。

「……ということは、あなたも宗一郎の気持ちに応えることにしたの？」

「はい」

　少し頬が熱くなるのを感じながら日奈子は答える。

　美鈴がホッと息を吐いた。

「そう、よかった……。本当に申し訳なかったのよ。これで私が出国して婚約を発表したら、宗一郎は完全に立場を失うじゃない。まぁ、彼が人の目を気にすることはないでしょうけど、迷惑がかかるのは間違いないし。もしかしたら今後の縁談にも影響があるかもしれないと思っていたの。でもあなたがそういう気持ちなら問題ないわね」

　そう言って、首を傾げた。

「もう宗一郎には話をしたの？　あなたの気持ち」

「それは、まだこれからです。次に会った時に……とは思っているんですけど」

「そう。彼喜ぶでしょうね。だけど気をつけて。あの手の男が本気になったら、逃がさないものよ。あなた人がよさそうだから、付き合っているうちにいつの間にか結婚してた、なんてことになりかねないわ」

美鈴は少しいつもの調子を取り戻したようだ。そんな冗談を言う。

日奈子は安堵して答えた。

「いつの間にかってことはないと思いますが」

「ふふふ、そうかしら？　勝手にあれこれやられてたりして」

「だ、大丈夫です。結婚については、宗一郎さんはちゃんと私にはっきり言ってくれました。だから勝手にってことは……」

「あら」

美鈴が声をあげて、瞬きをした。

「はっきり言ってって……え？　まさかもうプロポーズされたの⁉　まだ付き合ってもいないのに」

そこで日奈子は、自分の失言に気がついた。

宗一郎と自分との間に起こったことを考えれば、彼が結婚に言及したのは仕方がないことだと思う。

でも常識で考えたら、気持ちを確かめ合い恋人期間を経てからプロポーズという順番だ。いきなりプロポーズなんてあり得ない。

「……その」

でも時すでに遅しだった。

「あ、えーっと……、うー、は、はい」

仕方なく頷くと、彼女は弾かれたように笑いだした。

「本当に⁉ やっぱり彼、相当本気なのね。でもそうか、昔から冷静沈着でなにがあっても眉ひとつ動かさなかったのに、あなたのことを聞いた時は人間らしい反応だったもの。絶対に誰にも渡したくないのね。あなたすごく可愛いし」

「そ、そんなことはないと……思いますが」

日奈子は真っ赤になりそう答えるのが精一杯だった。

「私の婚約者、イタリアのオリーブ農家なんだけど、小さな宿も経営しているの。料理がすごく美味しいのよ。今度、宗一郎と一緒に遊びに来てほしいわ。次は私におもてなしさせてちょうだい」

くすくす笑いながら美鈴は立ち上がり、日奈子のところまで来て手を差し出した。

「友人として歓迎する」

日奈子も立ち上がり、その手を取った。

「はい、ぜひ。楽しみにしています」

午後七時、ホテル九条の従業員用出入口から外に出ると外はずいぶんと寒かった。

都会の夜空を見上げると、澄《す》んだ空気の中、いくつかの星が輝いている。その間を、赤い光が点滅しながら進んでいく。

その光を見つめ、美鈴はなにごともなく出国できただろうかと、日奈子は思いを馳せた。

日奈子が出勤した時は十数人ほどいた報道陣や記者は、今はひとりも見あたらない。

美鈴は昼過ぎにチェックアウトして秘密裏にホテルを出た。それから二時間ほどした後、空港にいるという情報が流れたから、皆そっちへと移動したのだ。

おそらく空港うんぬんの情報は彼女の側から流れたものだ。なにごともなく出国することだけを考えたらそんなことをする必要はなかったのだが、ホテルのことを考えてくれたのだろう。

何時のフライトかは知らないが、無事に機上の人になってくれているといいと願わずにいられなかった。

彼女に出会えてよかったと心から思う。

強さの中にある儚《はかな》い部分は、どこか宗一郎と重なる部分があった。

そして自分の心に正直に信じる道を真っ直ぐに進むその姿に、日奈子は背中を押されたような気分だった。

宗一郎とともに生きるという決断は揺らがない。

冷たい夜の空気に、白い息を吐いて日奈子は宗一郎を思い浮かべる。

会いたくてたまらなかった。

今胸の中にある熱い想い。あなたと人生を歩みたいのだという願いを、早く聞いてほしかった。

ずっとずっとそばにいて日奈子のことを大切に思い、待っていてくれた彼に、一秒でも早く……。

とはいえ、日奈子の方から会いに行くわけにはいかないから、待っているしかないのがもどかしかった。

美鈴の出国を期に、少し状況は変わるはずだけれど……。

そんなことを考えながら、通りを駅の方向へ曲がろうとした時。

「すみません、鈴木日奈子さんですよね？」

突然植え込みの影から現れた人物に声をかけられ、びくりと肩を震わせる。振り返ると、声をかけた男性はすぐに名乗る。

「週刊リアルの早川《はやかわ》と申します。鈴木日奈子さんですよね？　九条副社長との関係についてお話をお伺いしたいのですが」

その言葉に日奈子は思わず足を止めた。

職場からはどのような取材もすべて無視するようにと厳命されている。もちろんにも答えるつもりはないが、彼の言葉に引っかかりを覚えた。

美鈴と宗一郎のことに関する取材のはずなのに、どうして彼は日奈子の名前を把握しているのだろう？　宗一郎との関係とはいったい……？

首を傾げる日奈子に、彼は畳みかけるようにまた口を開いた。

「モデルの美鈴が九条副社長と婚約中なのはご存じですよね。でも副社長は同時期にあなたとも頻繁にお会いになられている。休日に公園でのフェスティバルに行かれたり、仕事帰りにおふたりで食事をされていてお互いのマンションも行き来されているのをこちらで把握しております。恋人関係にあるということでよろしいですか？」

彼の話を聞きながら、日奈子は血の気が引いていくのを感じていた。つまり彼は、宗一郎が二股していると勘違いし、そのことについて聞きたいと言っているのだ。

大企業の副社長がモデルとの婚約だけならいざ知らず、自社の社員と二股交際していたとなれば、企業イメージに傷がつきかねない。

「あの、困ります。私……」

それだけ言って首を振るのが精一杯だった。当然それで記者は引き下がらない。

「美鈴との結婚について副社長からはどのように説明を受けておられるのですか？　あなたは仕事帰りに副社長から車でご自宅まで送ってもらうことがよくありますよね。私が確認しただけでも……」

「君の言う通り都合がつく限り、送ることにしている。君のような者から、彼女を守るためだ」

記者の背後からよく通る声がして、彼はハッとして振り返る。宗一郎がコツコツと靴音を響かせて近づいてきた。

「そっ……！」

名前を呼んでしまいそうになって、日奈子は慌てて口を閉じ、とっさに周りを見回した。美鈴だけではなく彼も今は渦中の人で、こんなところにいるのを見られるわけにいかないからだ。

目の前の記者の他に報道陣が残っていたら大騒ぎになってしまう。が、幸いにして誰もいなかった。

「九条副社長！　今日もお迎えに来られたんですね？」

記者がやや興奮して宗一郎に向かって声をかける。二股の現場を抑えたといったところだろうか。

宗一郎はチラリと彼を見て無視し、日奈子に向かって渋い表情になった。

「だから遅番で俺が来られない時は、タクシーを使えと言ってるんだ」

「つっ⁉　……ふ、副社長……！」

記者の目があるのに、いつもの通りの会話をする宗一郎に、日奈子は目を剥いた。

一方で記者は目を輝かせ、嬉々《きき》として宗一郎に質問をする。

「と、いうことはやはり副社長は鈴木さんを大切に思っていらっしゃるということでよろしいですね？　美鈴との結婚後もご関係を続けるつもりだという解釈でよろしいのでしょうか？」

「君の言う『ご関係』というのがどういうものなのかは知らないが、日奈子との関係は今も昔もこれからも永久に変わらないよ」

宗一郎が少し鬱陶しそうに答えた。

「で、では……！」

「ただそれを記事にしても、金にはならない」

そう言って彼は胸ポケットから自身の携帯を取り出して、画面をスライドさせ、記者に向かって見せた。

「美鈴のSNSだ」

記者とともに日奈子もそれを確認する。

映し出されているのは、イタリア人と思しき男性と幸せそうに寄り添う美鈴の写真。オリーブ農家の彼と結婚するという報告の言葉が添えられている。

記者が唖然《あぜん》として口を開く。

「これは……い、いつ……？」

「三分前にアップされた。同時に、美鈴のエージェントからも公式コメントが発表されている。本人のSNSにある通り、彼女はイタリア人男性と近々結婚予定で、俺との関係は友人あるいはビジネス上のものにすぎないとね。婚約情報はまったくの事実無根だから、これ以後の報道は、訴訟対応するという警告つきだ」

「なっ……！」

記者が絶句して画面を凝視している。

「ちなみに我が社も同じ内容のコメントを出している。……もちろん、警告つきの」

そう言って宗一郎は、彼を睨む。

鋭い視線と言葉に、記者が圧倒されたように一歩下がり、慌てて頭を下げて足早に立ち去った。

遠ざかる背中を忌々《いまいま》しげに見て、宗一郎が息を吐いた。

「これでようやく、静かになるな」

そして日奈子に向き直る。

「日奈子、これでわかっただろう。俺が口うるさくタクシーを使えと言っていたわけが」

咎めるように自分を見つめる視線といつもの小言に、日奈子はたまらなくなって、彼の胸に飛び込むように抱きついた。

「宗一郎さん……！」

会いたくてたまらないと思ったところに本人が現れたことで感情が爆発してしまう。

背中に腕を回して力を込めると、いつもの日奈子らしくない行動に、宗一郎が戸惑ったような声を出した。

「日奈子……？　どうしたんだ？　さっきの奴になにかされたのか？　なにか言われたとか……」

「違う、そうじゃないの」

広い胸に顔をうずめたまま日奈子は頭を振った。

「ただ、宗一郎さん、会いたかっただけ……！　会えなくて寂しかったの」

いつもそばにいてあたりまえだった彼に会えないという状況に、自分はこれほどまでに参っていたのだと今実感する。

このまま彼の香りに包まれて、もう一瞬も離れたくなかった。

「宗一郎さん、宗一郎さん大好き……！」

溢れる言葉と熱い涙を、止めることができなかった。

「日奈子」

名を呼ばれて、頬が大きな手に包まれる。促されるままに顔を上げると、そこにあるのは、いつもの優しい眼差し。その彼の瞳が一瞬揺れて、強く抱きしめられた。

「ひとりにして悪かった。これからはまたいつでも会いに来る。ずっとそばにいるから」

力強い言葉と久しぶりの彼の香りに、日奈子は心底安堵して、ゆっくりと目を閉じた。

6、日奈子の告白

チェストの一番上の引き出しにしまったままになっていた青いノートを取り出して、日奈子はふうと息を吐く。

振り返るとベッドに座る宗一郎が優しい眼差しでこちらを見つめていた。

ホテルの裏で再会してから、いつもの場所に停めてあった彼の車に乗って、ふたりは日奈子のマンションへ戻ってきた。

気持ちが高ぶり抱きついてしまったが、あのままずべての事情を話すわけにはいかない。いつ誰に見られてもおかしくないからだ。

マンションへ戻って少し冷静になってみると、すべてを伝えるためには母の話は避けて通れないと思った。

そして久しぶりに青いノートを手に取ったのだ。

母の遺した言葉を宗一郎がどう捉えるかわからなくて少し不安だけれど……。

手に触れる、少し冷たい感触に日奈子は不思議な気持ちになる。前回開いた時と明らかに自分の心持ちが違っているのを感じたからだ。

毎日のように読んでいたというのに、宗一郎からの二度目のプロポーズを受けてからはまだ一度も開いていない。これがないと生きていけないとすら思っていたが、そうではないと今ははっきりわかる。

母がここに遺したことを大切に、自分の頭で考えて生きていく力が自分にはある。それ自体を母は喜んでくれているはずという確信が胸に広がった。

そして日奈子がそうなれたのは、紛れもなく目の前の彼のおかげなのだ。

彼の愛が、母を失い止まっていた日奈子の時計を動かした。モノクロだった日奈子の世界に、色を取り戻してくれたのだ。

「宗一郎さん、私ね、宗一郎さんに言わなくちゃいけないことがあるの」

日奈子の言葉に宗一郎が無言で頷いて、静かな眼差しで言葉の続きを促した。

その彼を真っ直ぐ見つめて、ドキドキと鳴る胸の鼓動を感じながら、日奈子は心に閉じ込めていた本当の想いを口にした。

「私は、宗一郎さんのことを男性として愛しています。宗一郎さんが、私のことを女性として好きになってくれた時よりもずっと前から。……私の初恋は宗一郎さんなの」

一気に言って息を吐く。

宗一郎が綺麗な目を見開いた。

ホテルの裏で抱きついて大好きと口走ったからある程度、日奈子の気持ちはわかっていただろうが、ずっと前からというところまで予想していなかったのだろう。

「それなのに、宗一郎さんがプロポーズしてくれた時、男性として見られないなんて嘘をついてごめんなさい。傷つけてしまってごめんなさい。私が宗一郎さんの気持ちに応えられなかったのは、これがあったからなの……」

そう言って日奈子はノートを彼に差し出した。

宗一郎が受け取り、開いていいか確認するように日奈子を見る。日奈子が頷くと彼ははじめのページを開いた。

【日奈子へ】ではじまる母の言葉に、宗一郎が懐かしそうに目を細めた。

「万里子さんの字だ」

「うん、お母さん、自分が亡くなった後も私が生きていけるように、このノートにたくさんの言葉を書いてくれたの」

宗一郎が、ゆっくりとページをめくり感慨深げに口を開いた。

「懐かしいな、この綺麗な字。……俺が中学高校の頃、夜遅くまで勉強してて腹が減ってキッチンへ行くと夜食が置いてあってさ、【こんを詰めすぎないように】っていう万里子さんからのメモも添えてあったんだ。厳しいだけだったばあさんの教育に耐えられたのは万里子さんがいたからだよ」

その言葉に、ありし日の母を思い出して日奈子は胸がいっぱいになった。

宗一郎の母が日奈子を大切に思ってくれているように、母は宗一郎のことを大切に思っていた。

宗一郎はノートに書かれていることを読み、笑みを浮かべる。

「……万里子さんの声が聞こえてくるみたいだ」

「うん。だからね、お母さんがいなくなってからずっと私、このノートを頼りにしていたの。お母さんがそばにいてくれるような気がして……寂しくてたまらない時もなんとかなったんだ」

日奈子の言葉に、宗一郎が黙って頷いた。

「宗一郎さん、最後のページを開いてくれる？」

日奈子が言うと彼は眉を上げて、言われた通りにする。そしてそこに書いてある言葉に、息を呑んだ。

【絶対に、宗一郎さまを好きになってはいけません。家族のように優しくしていただけたとしても、彼とは立場が違います。大奥さまを裏切るようなことはしないでね】

そのまましばらく沈黙して、すべてを理解したというように静かに口を開いた。

「……なるほど、そういうことか」

「……ごめんなさい。お母さん、私の宗一郎さんへの気持ちに気がついていたんだと思う。お母さんは、お父さんと身分違いの恋に落ちて私が生まれたでしょう？　大切に育ててくれたけど苦労も多かった。だから私、釣り合う人と結婚して平凡でもいいから幸せになってほしいって小さな頃から言われていたの。それから大奥さまにも大きな恩を感じていたから、宗一郎さんと私が万が一にでもどうにかならないように、こんなことを書いたのよ」

日奈子が言うと、彼は日奈子に視線を移し首を横に振った。

「謝る必要はない、日奈子。日奈子がしたことは当然だ。万里子さんの言葉に、背くことはできなかったんだろう？」

そう言って彼は手を伸ばし、日奈子の頬にそっと触れる。優しい声音と、頬の温もりに日奈子の視界がじわりと滲んだ。

頷くと頬を涙が伝う。宗一郎の手がそれを拭った。

「悩んだだろう。つらかったな」

温かい言葉に日奈子の涙は止まらなくなってしまう。これくらいなんだと思われてもおかしくないのに、彼はどこまでも日奈子の心に寄り添ってくれるのだ。

この人とならば幸せになれるという確信が日奈子の胸に広がった。

それがたとえ母の意思と少し違っていたとしても、この選択は間違っていない。

涙に濡れる唇で日奈子は自分の決意を口にする。

「お母さんにダメだって言われたとしても私は宗一郎さんが好き、宗一郎さんと一緒にこれからの人生を歩みたい。幸せになってみせる。だって私は宗一郎さんのそばでしか幸せになれないんだもん。どうしてもこれだけは譲れない」

宗一郎の瞳が感慨深げに自分を見つめている。その瞳を日奈子は見つめ返した。

「宗一郎さん、愛してます。宗一郎さんが私を大切にしてくれるように私も宗一郎さんを大切にしたい。宗一郎さんが幸せになれるのは私のそばだけなんでしょう？」

「ああ、そうだ」

力強い言葉とともに引き寄せられて、抱きしめられる。

「俺は日奈子のそばでしか幸せになれない。だから俺は日奈子を必ず幸せにする、一生大切にする」

「宗一郎さん……」

広い背中に腕を回して力を込めると、日奈子の胸は心が通じ合えた喜びでいっぱいになる。

傷つけられても、諦めずに想いを伝え続けてくれた宗一郎への感謝の気持ちを口にする。

「宗一郎さんが私の世界を変えてくれたの。お母さんがいなくなって止まったままだった私の時計を動かしてくれた。私の世界を綺麗な色で染めてくれた。ご飯が美味しいって思えることも、なにかやりたいって思えることも、全部宗一郎さんのおかげなの」

日奈子を包む宗一郎の腕に力がこもる。

耳にかかる彼の吐息が少し乱れて、声が湿る。

「そのために俺は生きると決めたんだ。それが俺の喜びだ。これからも日奈子が笑っていられるように、ずっとそばにいるからな」

「うん、宗一郎さん、ありがとう」

顔を上げて心を込めて日奈子は言う。

母が亡くなってから、自分はひとりだと思って生きてきた。これからもひとりで生きていくのだと。でも今はわかる、ずっと自分は彼の愛に包まれていた。

「宗一郎さんと私の立場の差は変えられない。でも私が幸せになれれば、きっとそれでいいんだよね。もしもそれで苦労したとしても、宗一郎さんと一緒にいるために必要なことなら、私は乗り越えてみせる。そう思えるようになったのも宗一郎さんのおかげだよ」

宗一郎が眉を寄せて沈黙した。

「宗一郎さん？」

宗一郎が、少し苦しげな表情になった。

「万里子さんが、日奈子には平凡な幸せをと望んだのは自身の経験があったからだけじゃないだろう。万里子さんは九条家のすぐ近くにいて、旧財閥家というのがどういうものかよくわかっていた」

その言葉を聞いて日奈子の頭に浮かぶのは、宗一郎の特殊な生い立ちだった。

彼は、幼い頃からホテル九条を末長く繁栄させるための厳しい教育を受けてきた。

その頃から今に至るまで一切、手を抜くこともなにかに甘えることも許されない人生を歩んでいる。すべて実の祖母によって敷かれたレールである。

そして母である敬子は、我が子のことでありながら口を挟むことを許されなかった。

彼の父宗介も企業経営に向いていないと言い渡され、一切意見できなかった……。

伝統ある大企業を存続させるためには、必要なことなのかもしれない。だがひとりひとりが、普通の家族ではあり得ない苦悩を抱えていたのも事実なのだ。

母が泣いている敬子を慰めていたのを日奈子が目撃したことは、一度や二度ではない。

「万里子さんと日奈子がいなかったら、九条家はとっくの昔にバラバラになっていただろう。とくに俺と母さんは、万里子さんに頼りきりだったからな」

そう言って宗一郎は少し申し訳なさそうに微笑んだ。

「だからこそ日奈子には幸せな結婚をと望んだのに、結局俺は日奈子を手離せなかったんだ。生きていたら、叱られるだろうな」

宗一郎がチェストの上の母の写真に向かって、誓うように言った。

「だけどそれでも俺は日奈子を愛してる。絶対に日奈子に苦労はさせない、日奈子の笑顔を生涯かけて守り続ける。その覚悟と自信は、はじめから揺らがない」

そして、日奈子に視線を戻し微笑んだ。

「そうすれば、万里子さんはきっと許してくれる。俺はそう信じることにするよ」

日奈子の目からまた涙が溢れる。

……本当のことはわからない。でも母は宗一郎のことも大切に思っていたことは確かなのだ。

——それでいい。心からそう思う。

自分の心に正直に出した答えを一生懸命貫き、幸せになれば、それでいい。

「宗一郎さん、ありがとう。私、宗一郎さんと結婚したい。一生一緒にいてくれる?」

すべての憂いから解き放たれた気分で日奈子は言う。

「ああ、俺たちはずっと一緒だ」

微笑む宗一郎の視線がゆっくりと近づく。

唇にふわりと優しく触れる彼の温もりに、痺れるほどの喜びを感じて日奈子は甘い息を吐いた。

「んっ……」

無意識のうちに、薄く開いた唇に彼はすかさず入り込む。

日奈子はそれを甘美な喜びでもって受け入れる。

想いが通じ合った深いキスはなんて心地いいんだろう。

日奈子の中をくまなく触れる彼の動きに日奈子は一生懸命についていく。言葉にできない深くて熱くて強い想いを、ふたり、混ぜ合わせる。

ふわりとした浮遊感と背中に感じる少し冷たいシーツの感覚に、目を開くといつの間にかベッドの上に寝かされている。

「日奈子……」

ゆっくり近づく宗一郎の視線に、日奈子の胸は痛いくらいに高鳴るが、彼は直前でぴたりと止まる。

「宗一郎さん？」

キスの余韻から抜けずぼんやりとしたまま日奈子は首を傾げる。

宗一郎がチェストの上の母の写真をチラリと見て、気まずそうに咳払いをした。

「ちょっとここじゃやりづらいな。万里子さんに見られているような気分になる」

抱き起こされて、日奈子もチェストの上の写真を見た。

「そ、そうだね……」

盛り上がってしまったことを恥ずかしく思ってそう言うと、日奈子の耳に唇を寄せて、写真の母には聞こえないくらいのボリュームで宗一郎が囁いた。

「俺のマンションへ行こう」

目を伏せて、頬が熱くなるのを感じながら日奈子は頷いた。

冷たいガラスに手をついて、日奈子は夜空の下、ライトアップされたホテル九条東京を見つめている。

重厚でクラシックなデザインのこの建物を見ると、日奈子はいつも胸が高鳴った。

歴史あるホテル九条で働いている自分を誇りに思うからだ。

でも今は、まったく違う思いで心がいっぱいで、心臓が痛いくらいに鳴っている。

これから自分に起こることを考えると、緊張で息苦しささえ感じるくらいだった。

日奈子のマンションで想いを伝え合った後、日奈子は宗一郎のマンションへやってきた。先にシャワーを使わせてもらって、次にバスルームへ向かった宗一郎を寝室で待っている。

ゆっくりしててと言われたが、広くて大きな彼のベッドを直視することはできなくて、窓際に立ち東京の夜景を見つめている。薄暗い静かな部屋でドキンドキンと大きな音を立てて鳴る自らの胸の音を聞きながら。

カチャリとドアが開く音がして、宗一郎が入ってくる気配がする。でも日奈子はガラスに映る彼の姿を確認するのが精一杯で、振り向くことはできなかった。

宗一郎が、窓ガラスに貼りついている日奈子を見てふっと笑う。ゆっくりとこちらにやってくる。

胸の鼓動がこれ以上ないくらいに高鳴って、痛いくらいだった。

彼と人生をともにすると決めてから、覚悟はしていたつもりだけれど、現実は想像以上の世界だ。

このくらいは皆していることだ、大丈夫、落ち着け——と自分自身に言い聞かせ、ガラスについた手をギュッと握った時、すぐ後ろまで来た宗一郎に抱きすくめられて息を呑む。

自分と同じボディーソープの香りに混じる彼の香りに包まれて、くらくらと目眩がするくらいだった。

「怖い？」

宗一郎が耳元で囁いた。

優しい声音の問いかけに、日奈子は答えることができなかった。本音を言えば少し怖い。男性経験がまったくない日奈子には、ここから先は未知の世界なのだから。

「日奈子？」

その場で優しく体の向きを変えられて、向かい合わせにされてしまう。

自分を見つめる綺麗な瞳と少し濡れた癖のある黒い髪、男らしい喉元に、日奈子の鼓動がどくんと大きく音を立てた。

今から自分はこの男性《ひと》のものになる。焦がれ続けた大好きな人と肌を合わせるのだということが、やっぱりどこか信じられなかった。

絶対にあり得ない、望んではいけない未来だとずっとずっと自分自身に言い聞かせ、とうの昔に諦めていたことなのに。

宗一郎が日奈子の頬に手をあて、安心させるように優しく微笑んだ。

「兄のように思っていた相手とこうなるのに頭がついていけていないんだろう。怖いならまだ無理しなくてもいい。俺はいつまでも待つよ」

いつも日奈子の心に寄り添ってくれる彼らしい言葉に、日奈子は首を横に振った。

「そうじゃないの」

怖いのも戸惑っているのもその通りだ。でも理由はまったく違っている。

「私はずっと宗一郎さんに恋してたのよ。そんな風に思っていたのは、すごく小さかった頃、もう思い出せないくらい昔のことなの。少し怖いのはそうだけど……それは、ずっとずっと好きだった人とこうなるのが、信じられないからで……」

日奈子の言葉に宗一郎が、目を見開いた。日奈子から少し視線を逸らし、掠れた声を出す。

「それが……、俺にはちょっと信じられないっていうか。戸惑うな。まさかはじめから日奈子が俺と同じ気持ちだったとは思わなかったから」

少し照れたように言う。

『俺と同じ』という言葉を、日奈子は反射的に違うと思う。彼が自分を大切に思ってくれていたのはよくわかった。でも日奈子の方は、もっとずっと長く彼に恋焦がれている。

「同じじゃない。私の方が宗一郎さんよりも前から恋してたんだから。だけど、私も大奥さまの言葉は知っていたし、お母さんからも言われてたから一生懸命隠してただけ」

彼のTシャツをギュッと掴み、日奈子は彼に訴えた。どれほど長い間、自分が彼を好きだったか知ってほしかった。

「お屋敷を出た一番の理由はね、宗一郎さんから離れたかったからなの。すぐそばにいて、気持ちを抑えるのがつらかったから。……なるべく顔を見ないようにしようと思って……」

「そうだったのか。だからあんなに頑《かたく》なだったんだな」

「うん……遅番の時の迎えはありがたいけど、すごく複雑で……」

話しだしてみると言わなくてはいけないこと、謝らなくてはいけないことがたくさんあるような気がして日奈子は思うままを口にする。

「私、嫌な態度ばっかりとってた。……ごめんなさい」

「いや、それはまったく気にする必要はない。日奈子がどんな気持ちだろうと、俺のやることは変わらないんだから。だけど……つらかったな。日奈子も結局は万里子さんと同じで九条家に振り回されている」

申し訳なさそうに言う宗一郎の言葉に、日奈子は首を横に振った。

「ううん、私、お屋敷で育ったことにすごく感謝してる。幸せだって思う。母ひとり子ひとりでも全然寂しくなかったんだもん。宗一郎さんや奥さまがいたからだよ」

言いながら、日奈子の頭に彼との思い出が駆け巡った。

「私が宗一郎さんに恋してるって気がついたのは、高校生の時だったの。駅でね、宗一郎さんと綺麗な女の人が腕を組んで歩いているのを見かけて……あの人が宗一郎さんの彼女なんだって思ったら、胸が苦しくてたまらなくなったのよ。それで私が宗一郎さんを好きな気持ちは、恋なんだって思ったの」

どんなに消し去ろうとしても決して消えなかった宗一郎への想いを口に出すのははじめてだ。今までずっと閉じ込めていた分、一旦蓋を開けると、溢れて止まらなくなってしまう。

「この気持ちはダメなんだ、誰にも知られちゃいけないって思うのに、宗一郎さん、どんどんカッコよくなるんだもの。私、すごくつらかった。時々、仕事から帰ってきた宗一郎さんとお屋敷で鉢合わせすることがあったじゃない？　スーツ姿に私、ドキドキして……っ⁉」

そこで日奈子の唇を、宗一郎が親指で優しく押さえた。まるで日奈子の言葉にストップをかけるように。

宗一郎が困ったような表情で、理由を説明する。

「その話は興味深いが、今の俺には少しつらい」

言葉の意味を理解できず日奈子は首を傾げる。宗一郎が日奈子の耳に、唇を寄せて囁いた。

「日奈子ははじめてなのに、優しく抱いてやれなくなる」

日奈子の胸がドキンと大きな音を立てる。すぐ近くで自分を見つめる彼の瞳は、どこか獰猛《どうもう》な色を浮かべている。

「俺は日奈子に少しの苦痛も与えたくないんだ。だからその話は、また今度聞くよ」

彼はそう囁いて日奈子をふわりと抱き上げて、自分のベッドへ連れていく。

少し冷たいシーツの上にまるで宝物を置くかのように、そっと優しく寝かされる。

日奈子をまたぎ膝立ちになった宗一郎の額にかかる髪が湿っている。仕事中は、きちんと撫でつけられている彼の髪が今は少し乱れている。いつも完璧で手を抜かない彼の、誰も知らない姿だ。

なんだかたまらなくなってしまって、思わず日奈子は顔を背けた。

「日奈子？　どうかした？」

宗一郎が首を傾げる。視線を、窓の外の夜景に固定したまま日奈子は答えた。

「そ、宗一郎さんが、カッコよすぎて……」

素直な思いを言葉にすると、宗一郎が目を開いて止まりため息をつく。顎に手を添えられたかと思うと、そのまま熱く唇を奪われた。彼はなにかをぶつけるような荒々しい動きで日奈子の中に入り込む。

「ん、んっ……！」

大きな手がパジャマ代わりのTシャツの上を這い回る。彼の吐息と、その手の感覚に日奈子の体温が一気に上昇する。どうしてそうなったのか、自分でもわからないままに日奈子はただそれに翻弄《ほんろう》され続ける。

ようやく唇が解放された頃には、荒い息を吐いてベッドにくたりとなっていた。彼によってつけられた火が身体の中で燻っているのを感じながら。

至近距離にある彼の瞳が射抜くように見つめている。獲物に食らいつく直前の肉食獣のような目をしたこんな彼ははじめてだ。

「日奈子、そういうことを言うなと、俺は先に警告した。……今日はもう優しくできない」

乱暴な言葉と、鋭い視線。

ぞくぞくするほど怖いけれど、同時にそれを、ひどく欲している自分がいる。

——この彼に、今すぐ食べられてしまいたい。

——心も身体も彼の色に染め上げて、なにもかも全部彼のものにしてほしい。

「や、優しくなくていい。私、宗一郎さんが好きなの。宗一郎さんのやり方で、私を宗一郎さんのものにしてほしい」

心の奥底から湧き起こる自分自身の欲求を、包み隠さず口にすると、宗一郎が苦しげに顔を歪めた。咎めるように日奈子を見て、Tシャツを脱ぎ捨てた。

7、真っ直ぐに続く道

どこか清々しい朝の空気を感じて、日奈子は「うーん」と唸《うな》って寝返りを打つ。

肌触りのいいシーツと、あちこちに感じる疲労感、身体の奥の鈍い痛みにハッとして目を開いた。

大きな窓に映る朝の街に、日奈子はここが宗一郎の寝室だということを思い出す。

同時に昨晩ここで起こったことが頭に浮かび、頬が熱くなるのを感じた。

昨夜は気を失うように眠りに落ちてしまった。しかもそれ自体、ずいぶん遅い時間になってからだったから、どうやら寝坊したようだ。もう日が高い。

一緒に眠りについたはずの宗一郎は先に目を覚ましたのだろう、隣にはいなかった。

日奈子は今日は休みだけれど、宗一郎がどうなのかは聞いていない。

仕事へ行ったのだろうかと日奈子が思った時、ドアが開いて部屋着姿の宗一郎が入ってきた。

「起きたのか、おはよう」

「お、おはよう」

ドキドキしながら日奈子は答える。明るい中で彼を直視できなかった。

「寝坊しちゃった。宗一郎さん、仕事は？」

「今日は休みを取った。というか、家から出るなと秘書室から言われてる。昨日の美鈴の婚約発表で俺は関係なくなったわけだが、どうやらコメントが欲しいと本社と家の周りにマスコミが来てるようだ」

彼はそう言いながらベッドのところへやってくる。片手に朝食と飲み物がのったトレーを持っていた。まるでホテルマンのように静かにこちらにやってきて、優雅な仕草でサイドテーブルに置いた。

「そろそろ起こそうと思ってたんだ。朝食ができたから」

「これ、私に……？」

日奈子は目を見開いた。

トレーの上に並ぶのは、ホテル九条東京の朝食メニューそのものだ。

「ああ、コンシェルジュに頼んで材料を手配してもらった」

「材料をって、じゃあ……、宗一郎さんが作ったの？」

朝食だからそうこったものではない。でもきつね色の美味しそうなパンケーキと、ふわふわのスクランブルエッグまである。宗一郎が作ったというのは驚きだ。

九条家には専属のシェフがいたから、日奈子は宗一郎が料理をするところを見たことがない。

「宗一郎さん、料理できたのね……」

パンケーキとスクランブルエッグだけでなく、ベビーリーフのサラダやカットフルーツなどが見栄えよく並んでいる。このままレストランで提供してもおかしくはないくらいだった。

「入社時にすべての部署で修業したからな。もちろん俺の料理をお客さまに出すことはできないから、俺が作っていたのはコックたちに出す賄《まかな》いだけど。シェフには朝食はお客さまに出してもいいレベルに達したと言われたよ」

そう言って彼は、ベッドに腰掛けて日奈子を引き寄せこめかみにキスをした。

「今朝はこのままここで朝ごはんだ」

「ここで？」

尋ねると彼は頷いて、まずは日奈子にミネラルウォーターのグラスを握らせる。

ごくごく飲むと、身体に染み渡るようでおいしかった。

「疲れているだろうから、今日は一日寝ててもいいぞ」

「一日って……」

「結局昨夜は優しくできなかったからな」

少し申し訳なさそうな表情で日奈子の頬にそっと触れる。その感覚に、日奈子の頬が熱くなる。彼が昨夜のベッドの上で起こったことを言っているのだと気がついたからだ。

「日奈子は、はじめてだったのに、ずいぶん無理をさせてしまった。自分でもやりすぎたと……」

「だ、大丈夫……！　大丈夫だから！」

慌てて日奈子は彼の言葉を遮った。

このままだと、彼が昨夜の出来事を口にしてしまう。

昨夜彼は、今までの想いをぶつけるように情熱的に何度も何度も日奈子を求めた。

正直なところ、はじめてにしてはややハードだったと、経験のない日奈子でもわかる。でも優しくなかったということはない。

彼は日奈子に少しも苦痛を与えたくないと言った言葉の通り、日奈子の心と身体を丁寧にほぐしていった。

はじめての行為に戸惑いはしたが、つらいことも怖いことも少しもない幸せな時間だったのは間違いない。

日奈子の方も最後には自分から彼を求めたのだから、彼だけのせいとも言えないだろう。

そんなことを考えて黙り込む日奈子に、宗一郎がふっと笑う。そして、トレーを自分の膝に置いた。

「どれから食べる？　パンケーキ？　サラダ？」

まるで、食事を食べるのに助けが必要な小さい子に言うかのように問いかける。

日奈子は目を丸くする。

「じ、自分で食べれるよ……！」

「うん、だけどやらせてほしい。今日だけは、日奈子のことを全部してやりたいんだ。日奈子が俺のものになったたって実感したい」

だからって食事までなんてどうかしてると日奈子は思う。

でも答えられないうちに、宗一郎はナイフを手に取り、パンケーキを日奈子が食べられるくらい小さく切った。

「日奈子はパンはジャムだったな。パンケーキもジャムか？」

「え？　えーっと、……うん」

頷くと、彼は切ったパンケーキにちょうどいいくらいのベリーのジャムをつけている。その表情が今まで見たことないくらい幸せそうで、日奈子の胸がキュンと跳ねた。

そんな姿を見ていたら、それ以上嫌とは言えなくて、日奈子は差し出されたパンケーキをパクリと口に入れた。

もぐもぐとして目を開く。パンケーキはふわふわだった。

「美味しい……これ宗一郎さんが焼いたの？」

「ああ、だけど、市販の粉を使ったからべつに特別なことはしてないよ」

こともなげに彼は言う。

市販の粉を使ったなら、ホテルのパンケーキより手順は簡単だ。だけど日奈子なら表面は焼けても中まで火が通っていないか、あるいは焦げているか……。

「私、こんなに上手にできないのよね……」

「火加減に気をつけるだけだよ」

彼はそう言って、今度はスクランブルエッグをのせたスプーンを日奈子の口元へ運ぶ。それをパクリと口に入れて日奈子はまたもや目を見開いた。

「美味しい！　ふっわふわ！」

ホテル九条東京のメインダイニングで提供されるスクランブルエッグと比べても遜色ないように思えるくらいだった。

「シェフ直伝だからな」

「だからって……」

料理人でもない人がここまでの腕前になるなんて……。

「やっぱり宗一郎さんってすごいのね！」

感心してそう言うと、宗一郎がスプーンを持つ手を止めて日奈子を見る。そして突然、日奈子の頬にチュッと音を立ててキスをした。

「きゃっ！　な、なに……？　いきなり」

甘い感覚が残る頬に手をあてて日奈子は言う。

宗一郎が目を細めた。

「可愛いことを言うからだ。ちょっとコツがあるんだよ。パンケーキとスクランブルエッグくらい練習すれば日奈子にだって上手にできるようになるよ」

「本当？」

「ああ、今度教えてやる」

また彼が差し出すパンケーキを口に入れて、日奈子はもぐもぐしながら考える。

自分でできるようになったら、毎日この最高の朝食を食べることができるのだ。

ぜひ教えてもらうことにしよう。

「日奈子なら、すぐに上手になるはずだ」

でもそう言ってにっこり笑う宗一郎に、顔をしかめた。

「やっぱりダメ、私宗一郎さんに教わって上達する自信ない」

「なんでだ？」

「宗一郎さんは私へのジャッジが甘いもん。できてないのに、できてないってちゃんと言ってくれなさそう」

するとと彼はフォークを持つ手を止めて、少し考えてから口を開いた。

「……確かに。日奈子が作ったスクランブルエッグなら、どんな出来でも俺にとっては美味しいだろうし」

「もうっ……！」

自分のジャッジが甘いことを素直に認める彼に、日奈子は思わず噴き出した。

「それじゃ意味がないじゃない」

宗一郎がフォークを一旦置いて、笑いが止まらない日奈子の頭を撫でた。

「だけどそれは仕方がないことなんだ、日奈子。俺にとって日奈子はそういう存在だ」

どこか真剣な響きを帯びたその言葉に、日奈子は笑うのをやめて彼を見た。

「俺はずっと、九条を背負って立つための教育を受けてきた。常に完璧であり続けることを求められてきたんだ。それに応えられるよう努力し続けて、結果も出したつもりだが、祖母にとってはあたりまえで、褒めてもらえたことはない」

今彼が言ったことは日奈子の目から見てもその通りだった。

しかも富美子は、彼の母である敬子にも彼を褒めることを禁じていたように思う。それがつらいと泣いていた彼女を母が慰めていたのを見たことがある。

「その中で日奈子はいつも俺を肯定してくれた。さっきみたいに〝すごいすごい〟と言って」

そう言って笑う宗一郎に、日奈子はびっくりしてしまう。

「だって……。宗一郎さんがすごいのはその通りでしょう? 私は宗一郎さんよりも年下だから大奥さまにダメだって言われなかったし。それに私がすごいって言ってたのは、勉強とか仕事のことじゃないもの……」

「それでも日奈子にそう言われると、なんでもやれる気がしたよ。今の俺がいるのは日奈子のおかげだ。だから俺が日奈子に甘くなるのは仕方ない。一生治らないし、改めるつもりもないから」

柔らかく微笑んで彼はベビーリーフを差し出した。

日奈子はもはやなにも言えなくなってしまう。黙り込みベビーリーフを食べる日奈子の頬を、宗一郎が優しく撫でた。

「たくさん食べるんだぞ。明日からは少し忙しくなる」

日奈子は首を傾げた。

「忙しくなる？　私が？」

問いかけながら、自分の予定を思い出す。確かに仕事のシフトは入っているが、それはいつものこと。とくに思いあたることはない。

宗一郎がにっこりと笑って、わけを説明した。

「結婚に向けての準備がはじまるだろう？　まずは引っ越し。あのマンションは、やっぱりセキュリティが心配だからな。とりあえず手狭かもしれないが、一日でも早くここへの引っ越しを済ませる。時期を見てもっと広いところへ引っ越そう。両親への報告は明日にでも俺がしておくよ。それから式は全部日奈子が選んでいいから……」

「ちょ、ちょっと待って宗一郎さん……！　け、結婚って……、ひ、引っ越しって……？」

日奈子は目を剥いてむせる。

確かにふたりで生きていくと心に決めたけれど、結ばれたのはつい昨日のことなのだ。明日から引っ越しの準備なんて、あまりにも急すぎる。

宗一郎が日奈子にオレンジジュースを差し出して不満そうにした。

「なにを驚くことがあるんだ。結婚するなら当然のことだろう?」

オレンジジュースを飲み、心を落ち着けて日奈子は答えた。

「だけど、そんな急に」

「急じゃない。いつそうなってもいいように、俺は準備してあった。引っ越しはいつでもできるよう手配してあるし、日奈子が好きそうな結婚式会場のリストもピックアップしてあるからな」

あたりまえのことのように言う彼を見ながら、美鈴の言葉を思い出す。

『いつの間にか結婚してた、なんてことになりかねない』と言った彼女の言葉を、その時は大袈裟だと思っていたけれど……。

オレンジジュースのグラスを握りしめて、日奈子は込み上げてくる笑いを噛み殺す。

美鈴が言った通り、日奈子は彼から逃げられそうにない。日奈子が彼の気持ちに応えられなくても関係は変わらないと言いながら、用意周到に準備は進めていたくらいなのだから。

もちろん逃げたいなどとは思わないけれど……。

「日奈子?」

宗一郎が首を傾げる。

日奈子は笑いながら首を横に振った。

「ううん、なんでもない……！」

だけど、これが幸せだと心の底から思う。

彼とともに歩む未来。

一度は諦めたその道が日の前に真っ直ぐに続いている。

「宗一郎さん、私たち絶対に幸せになろうね」

嬉しい気持ちで胸をいっぱいにしながらそう言うと、少し唐突な日奈子の言葉に、宗一郎が一瞬驚いたように瞬きをし、すぐに柔らかく微笑んだ。

「ああ、絶対に幸せにする」

その視線がゆっくりと近づいて……。

ふたりの唇がそっと触れ合った時、オレンジジュースの氷がカランと音を立てた。

初夏の日差しが東京の街を照らしている。

ホテル九条の一室で、真っ白なドレスに身を包み、日奈子はそれを眺めている。

宗一郎と心も身体も結ばれたあの夜から半年が経ったこの日、結婚式に臨もうとしている。

　宗一郎は、海外挙式を含めて日奈子が望む通りにしたらいいと言ってくれたが、結局、日奈子の職場であるホテル九条東京で挙げることになった。日奈子にとってはそれが一番幸せなことだからだ。

　憧れ続けた男性《ひと》と、大好きなこの場所で、結婚式を挙げられる自分はなんて幸せなんだろうと心から思う。

「それにしても、未だに信じられないよ。日奈子が副社長と結婚だなんてさ」

　窓辺のソファに座るドレス姿の日奈子を見て莉子がため息をつく。

　日奈子はもう何度目かの謝罪の言葉を口にした。

「ずっと黙っててごめんね」

「謝らなくていいってば、ただ私は信じられないなって思ってるだけで」

　一般社員のふりをして働いていながら、その実、九条家で育った人間だったなんて、裏切りだと思われたっておかしくはない状況だ。申し訳ない気持ちで日奈子は告白したが、幸いにして彼女は驚きはしたものの明るく笑い飛ばしてくれた。

『今まで通り、私の趣味に付き合ってくれるなら許してあげる』

　そして心から祝福してくれて、結婚式のブライズメイドに立候補してくれたのだ。

『当日は日奈子をしっかりサポートするね！』

ホテル九条東京に入社してからの付き合いだが、厳しい研修を経て志を同じくして働いてきたからこそ絆《きずな》は深い。それを改めて実感した気分で、日奈子はお願いすることにした。

「緊張してる？　日奈子」

「うん、ちょっと……。だけど莉子が近くにいてくれるからすごく心強い。ありがとう」

「私の時は、日奈子お願いね。相手はまだいないけど」

肩をすくめて言う彼女に、日奈子はふふふと笑みを漏らした。

「任せて」

莉子はくすくす笑って、えへんと咳払いして口を開いた。

「じゃあ、私、準備があるから先に行くね。確か新郎のご両親と新郎さまもまもなくお見えになる予定だったよね」

本来なら、新郎新婦の控室は別だが、日奈子には両親がいない。むしろ新郎の両親が親代わりのようなものだから、同じ部屋にしようということになったのだ。

その時。

「ひなちゃん！」

部屋のドアがバンッと開く。

留袖姿の敬子とモーニング姿の宗介が入ってきた。

「わぁ……！　綺麗！　可愛いわ……！」

敬子は着物を着ているとは思えない素早さで日奈子のところへやってきて、ソファの隣に腰を下ろしボロボロと泣きはじめた。

「本当に綺麗……。これでやっと万里子さんへの恩返しができるわね、あなた」

宗介も「ああ」と言って涙ぐんでいる。

「万里子さんもきっと空から見守ってくれているわよ」

泣きそうになるのをこらえて日奈子は頷いた。

「ありがとうございます。旦那さま、奥さま」

今日のこの日を迎えられたのはふたりのおかげだと心から思う。母亡き後も、日奈子の成長を見守ってくれた。

日奈子が母の死を乗り越えられたのは、宗一郎の愛だけではなくふたりの存在も大きかったと思う。

敬子が涙を拭いて目をパチパチさせた。

「あら、ひなちゃん。もう今日からは、奥さまはなしよ。ちゃんと、お義母さんって呼んでくれなきゃ」

「奥さま……」

日奈子の胸は熱くなる。

ひとりで生きていくのだと思っていた時が嘘みたいだ。

宗一郎と結婚して家族になる。それだけでも幸せなのに、一気に家族が増えるのだから。

でもすぐに言えるかというと別だった。ふたりとは家族のように過ごしていても、敬意を込めて接するべきとずっと教えられてきた。

「えーと……」

躊躇して日奈子は一旦口ごもる。恐れ多いと思うけれど、目を輝かせて待っている敬子に、勇気を出して口を開いた。

「お、お義母さん」

「きゃー！　嬉しいわ」

敬子がテンション高く声をあげて日奈子の手を握る。

宗介が「おお！」と言ってこちらへやってきた。

「ひなちゃん、俺も俺も」

「ええ⁉　だ、旦那さまはちょっと……まだ言えそうにありません。だって旦那さまは、私の勤務先の社長でもありますから」

日奈子がごにょごにょ言うと、そのやり取りをそばで見ていた莉子が、思わずといった様子でふふっと笑う。

敬子と目が合い、慌てて謝った。

「申し訳ありません」

敬子が思い出したように口を開いた。

「あなたが、ひなちゃんと入社以来ずっと親しくしてくださっているお友達ね？」

「はい。東田と申します」

「やっぱり！」

敬子が彼女に向き直り丁寧に頭を下げた。

「ひなちゃんが、いつもお世話になっております。お話は予々《かねがね》聞いておりました。もっと早くご挨拶しなきゃと思っていたんですけど、ひなちゃんが私たちとのことを会社では秘密にしておきたいと言うので、遅くなってしまいました。今後とも、ひなちゃんをどうぞよろしくお願いします」

「はっ……！　あ、こ、こちらこそどうぞよろしくお願いします……」

突然の敬子の行動に、莉子は目を白黒させて頭を下げている。

経営には関わっていないとはいえ、敬子は社長夫人なのだ。あたふたするのも無理はない。

「で、では、私はこれで……」

どこかぎくしゃくとしながらそう言って部屋を出ていった。

入れ替わるように宗一郎が入ってきた。彼も支度が終わったようだ。黒のモーニングコートを身につけている。

「宗一郎さん、お疲れさま」

日奈子が声をかけるとその場でわずかに頷くが、すぐにこちらへやってこずに、ジッと日奈子を見つめている。

「ひなちゃんがあまりにも可愛いんで言葉を失ってるな」

宗介がニヤニヤとした。

宗一郎はうるさそうに彼を見て、咳払いをしてからやってきた。

「日奈子も、お疲れさま。だがここからもっと疲れるだろう。……堅苦しい思いをする。全部俺の都合だ。ごめんな」

「私は大丈夫。緊張はするけど……。宗一郎さんの妻として恥ずかしくないように頑張るね」

「なにも頑張る必要はない。そのままでいいよ。だけど疲れたらすぐに言え。式の途中でもいいから」

隣で敬子がふふふと笑いながら呟いた。

「相変わらずひなちゃんしか目に入っていないようね」

その言葉に日奈子は頬を染めた。

九条夫妻への結婚の報告は、宗一郎と日奈子でした。ふたりは驚き、まずはそれが日奈子の本心かどうかを気にかけてくれた。九条家で敬子がふたりが結婚したらいいと口走ったことに日奈子が気を遣ったのではないかと心配したようだ。

それについて日奈子は、そうではなく本心から彼を愛していると自分の口で説明した。顔から火が出そうなくらい恥ずかしかったが、ふたりはそれで納得した。

そして諸手をあげて結婚に賛成し心から祝福してくれた。それはとてもありがたいことなのだが、こんな時は少し困ってしまう。

ふたりの前での、宗一郎の日奈子への態度は以前とそれほど変わらないと思うのに、こうやってことあるごとにニヤニヤされてしまう。嫌なわけではないけれど、とにかくすごく恥ずかしい。

宗一郎の方が平然としているのが信じられない。

「式の間、あまりものを口にできないかもしれないから、お色直しの際に軽食を準備するように言ってある。お腹が空いてないと思ってもしっかり食べるんだ」

「ありがとう……」

そんなふたりのやり取りに、敬子はふふふと笑い、少し考えてから真面目な表情になった。宗介を振り返り、「あなた」と呼び目配せをする。

宗介が「ああ」と言って日奈子のそばに歩み寄る。そしてふたりして真剣な表情で日奈子を見た。

「ひなちゃん、宗一郎と結婚式を挙げる前に、ひとつだけ言っておかなくちゃいけないことがあるの。宗一郎とひなちゃんが結婚するにあたって約束してほしいこと。これを約束してくれないなら残念ながら結婚に賛成できないわ」

いつになく真剣な敬子に、日奈子の胸がどきりとする。どこかでやはりと思う。

宗一郎の結婚相手についてはノータッチだった彼らにも息子の結婚について思うところがあるのだろう。旧財閥家の特有のしきたりもあるはずだ。祝福はするけれど、譲れない部分があったとしてもおかしくはない。

宗一郎が、眉を寄せた。

「母さん、今さらそんなこと……」

「昨日の夜に思い出したんだもの。で、お父さんとこれだけは言っておかなきゃねって話になったのよ」

「だけど……」

「宗一郎さん、私大丈夫」

日奈子は宗一郎を遮った。

本来は一緒になるのも許されないはずのふたりなのだ。認めてもらうために必要なことならば、どんなことだとしても大丈夫。もう日奈子は宗一郎と一緒でなくては生きていけないのだから。

「聞かせてください。お義母さん」

決意を込めて日奈子が言うと、敬子がにっこりと笑った。

「ひなちゃんは、私たちの娘です。それは宗一郎と結婚したからではありません。ずっと私たちは、ひなちゃんを娘と思ってきたんだもの。例えば将来、ひなちゃんが宗一郎と別れるなんてことになっても、私たちとの関係は変わらないと約束してちょうだい。ひなちゃんの実家は、ずっと九条家《うち》よ」

敬子の隣で宗介もうんうんと頷いている。ふたりの優しい眼差しは、ありし日の母とまったく同じだった。

日奈子の視界がじわりと滲む。

別れるなんてことはあり得ないけれど、万が一のことがあっても日奈子の居場所がなくならないようにふたりはこう言ってくれている。

「ありがとうございます」

ティッシュで涙を拭って日奈子は言う。

宗一郎が、安堵したように息を吐いた。

「そんなことには、ならないけどな」

「あら、あなたはそうでしょうけど、ひなちゃんの方はわからないわよ？　その過保護すぎるところ、少し考えないと」

「過保護って、このくらいは普通だろう」

「だからその感覚が……」

相変わらずのふたりのやり取りに日奈子は笑みを浮かべて口を挟む。

「お義母さん、私も大丈夫です。宗一郎さんと結婚できるなんて、夢みたいなんです。ふたりで必ず幸せになります！」

胸の中をいっぱいに満たしている幸せな思い。それをそのまま口にすると、敬子が一旦口を閉じる。そしてにっこりと笑った。

「宗一郎は、幸せ者ね」

「母さん。エントランスに山田《やまだ》さんがお見えになっているようだ。ちょっと俺は行ってくる」

宗介が携帯の画面を確認しながら言う。どうやら重要な招待客が到着したようだ。

「そう？　なら、私も行くわ」

敬子が答えて立ち上がった。

「式の開始までには戻るわね」

そう言い残してふたりは部屋を出ていった。

宗一郎がやれやれというように肩をすくめて日奈子の隣に腰を下ろす。目を細めて日奈子を見つめて、柔らかく微笑んだ。

「想像していた以上に綺麗だ。そのドレスよく似合うよ」

「あ、ありがとう……」

「父さんと母さんがいてくれてよかったよ。でなかったら見た瞬間に抱き上げてスイートルームに直行だった」

冗談を言う宗一郎に、日奈子はくすくす笑う。

「もう……」

そして自分も彼に対する感想を口にする。

「宗一郎さんこそ、今日は特別カッコいい。スーツ姿も好きだけど、フォーマルな格好もカッコいい」

この日のためにあつらえた黒いモーニングコート姿の彼は、日奈子には世界一番カッコよく思える。こんなに素敵な人が自分の旦那さまになるなんて幸せすぎてまだ信じられないくらいだ。

でもそれよりも日奈子が嬉しく思うのはこんな風に、彼への気持ちをそのまま口にできることだった。芽生えた時は押し殺すしかなかった恋心をもう隠さなくていいことだ。

自分を見つめる綺麗な瞳と癖のある黒い髪を見つめて、日奈子は思うままを口にする。

「宗一郎さんのお嫁さんになれるなんて、私こんなに幸せでいいのかなって未だに信じられない時があるくらいなの。朝起きたら全部夢でしたってなったら……っ⁉」

言葉が溢れて止まらない唇に、宗一郎の指がそっと触れる。

日奈子が瞬きをして口を閉じると、宗一郎がふっと笑った。

「続きは夜に聞くよ」

そして日奈子の耳に唇を寄せて囁いた。

「それ以上言ったら、今度こそスイートルームに直行だ。ふたりとも式に出られなくなるぞ」

その言葉に日奈子はハッとして真っ赤になってしまう。

宗一郎を好きだという思いを隠す必要はなくなった。それは日奈子にとってすごく幸せなことだけれど、甘い代償を払わなくてはならない。

日奈子の言葉を聞いた宗一郎のなにかに火をつけてしまうからだ。はじめて結ばれたあの夜のように……。

だから普段は時と場所を考えるようにしているのだが、今はあまりにも素敵な新郎姿の宗一郎に舞い上がって頭から抜けていた。

もちろん、ふたりして式に出ないなんてあり得ないから、ただの冗談にすぎないけれど……。

「あ、宗一郎さんダメ……！　メイクが取れちゃう……」

ゆっくりと近づく宗一郎の唇に、日奈子は慌ててストップをかける。

「大丈夫、この後直してもらえばいい。式の前に、新婦のメイクが少し乱れることくらいうちのスタッフは想定しているよ」

確かに彼の言う通り、式前のこの時間は両親に結婚の挨拶をする新婦も多いから、涙を流してメイクが落ちることも多い。だからスタッフはメイク直しができるようスタンバイしているのだ。

でもそれはアイメイクだ。新郎新婦が同じ控室で過ごした後、新婦のリップが落ちていたら、なにがあったかなんて一目瞭然だ。恥ずかしいなんてものじゃない。

でも腰に腕を回されて顎を優しく掴まれては、なす術もなかった。

「で、でも……！」

「ただでさえ、日奈子が可愛くてどうにかなってしまいそうだったのに、そんなことを言っておいて無事で済むはずがないだろう？　今鎮めておいてくれないと、誓いのキスの時に、皆の前で発散させてしまいそうだ」

「なっ……！」

「日奈子、愛してるよ」

最後の言葉が後押しになり、彼の胸を押していた日奈子の手の力が抜けた。

「ん……」

重なり合う唇と、自分を包む温もりに、日奈子の胸は温かな思いでいっぱいになっていく。

許されないと思っていた彼への恋心に長く苦しめられてきた。その日々すら、今は愛おしくてたまらない。

どうやっても消せなかった想いは、もう日奈子の一部なのだ。

きっと生涯変わらない。そんな確かな思いを胸に、日奈子はゆっくりと目を閉じた。

了

特別書き下ろし番外編

パーティーの夜

満天の星のもと、ざざーんと波の音だけが聞こえてくる静かな夜。ぽっかりと浮かぶ満月を、日奈子は見つめている。

ホテル九条宮古島のロイヤルスイートルームについている専用露天風呂から望む景色は、都内で育った日奈子にとってはまるで雑誌の中の世界のようだ。

でも今は、それを楽しむ余裕はない。ライトアップされた花びらが浮かぶジャグジーの縁に、真っ赤になってしがみつくのみである。

「いつまでそうしてるつもりだ？」

同じ湯船の中でくつろいだ様子の宗一郎が、日奈子の背中に声をかけた。

「いつまでって……。そ、宗一郎さんがあがるまで」

振り向くことなく日奈子が言うと、彼はふっと笑った。

「それじゃのぼせるぞ。日奈子は俺より先に入ったんだから」

「だ、だって……！」

彼より先にあがったら、いくらここが薄暗くてもすべて見られてしまう。そんなことできるわけがない。

「今さらだな。もう何度も見たじゃないか。お互いに」

からかうように言う宗一郎に日奈子は頬を膨らませた。

「そ、それとこれとは別です！」

結婚してから一カ月、ふたりは何度も肌を重ねた。でも場所もシチュエーションも違うのだから、はいそうですかとはならない。新婚生活の中で、ふたりはベッドをともにすることはあってもお風呂は別々だ。

「宗一郎さんが目を閉じてくれていたら、先にあがる」

振り返りそう告げると、宗一郎が笑った。

「なんでだよ。それじゃ意味がないじゃないか」

そして広い湯船をざばざばと水音を立てて日奈子のところへやってくる。なす術もなく、日奈子は彼の腕に捕まった。

「俺はこうしたいのに」

耳元で囁く甘い言葉に、自分も声が出てしまいそうになって、日奈子は慌てて唇を噛む。意味がないと彼は言うが、そもそも日奈子の方は一緒に入るつもりはなかったのに、と心の中で呟いた。

今夜は、ホテル九条宮古島のオープニングパーティーだった。日奈子と宗一郎は夫婦揃って招待客をもてなしたのである。今日はこのままホテルに泊まり、明日都内へ戻ることになっている。

日奈子にとっては宗一郎のパートナーとしてはじめての公の場だった。

パーティーには、スタッフとして参加することには慣れている。でも出席者となるのはほとんどはじめてのことで、緊張したなんてものではなかった。

部屋へ入るなりどっと疲れを感じてベッドに座った日奈子はそのまま寝てしまいそうになってしまった。宗一郎に促されて先に露天風呂に入っていたところ、断りもなく宗一郎がやってきたというわけだ。

「大丈夫、ジャグジーだから見えないよ」

日奈子を後ろから抱き込んで宗一郎が言う。

「今日はありがとう。よくやってくれた。疲れただろう」

「確かに疲れたけど大丈夫。いたらないところばかりだったと思うけど、なにごともなく終われてホッとしてる」

パートナーとしての出来はともかく、とりあえずパーティーで大きなトラブルは起きなかった。

宗一郎がふっと笑った。

「いたらないどころか、大活躍だったじゃないか。俺だけだとどうしても堅い雰囲気になってしまうが、終始和やかな雰囲気だったのは日奈子が隣にいてくれたおかげだ。長い付き合いの方々には、俺がどんな縁談に頷かなかったのは、これほどの女性を妻に望んでいたからだったんだなとからかわれたよ」

「そんな、それはお世辞だよ。……でも、少しでも宗一郎さんの役に立てたのならよかった」

日奈子が胸を撫で下ろすと、宗一郎がやや申し訳なさそうな声を出した。

「ああ、すごく助かった。でも日奈子に苦労はさせないと誓ったのに、申し訳なかったな」

「ううん、私嬉しい。私が宗一郎さんのためにできることがあるなら、なんでもしたいの。これが私の望み。苦労なんかじゃない」

確かに彼の隣は、想像以上に、プレッシャーがかかる場所だった。

この日のために、招待客のプロフィールと宮古島の文化と歴史、このホテルのことを何日もかけて頭に叩き込んだ。それでもパーティーの間は頭をフル回転させて、一瞬も気が抜けなかった。正直言ってくたくただが、今の彼のひと言ですべて報われた気がして充実感で胸がいっぱいになる。

「まだまだだけど、私頑張るね。宗一郎さんに相応しい妻になれるように……」

「日奈子は、そのままでいいよ」

そう言って、宗一郎は日奈子の頬にキスをした。

「現に大岩《おおいわ》頭取夫人は日奈子を気に入っていたじゃないか。夫人は少し難しい方で、付き合う相手を厳しく選ぶというので有名だ。それなのに後半はずっと日奈子を離さなかったから、皆、驚いていた」

大岩頭取とは、ホテル九条のメインバンクの銀行の頭取だ。

「あれは……、夫人の趣味のお話を聞かせてもらっていただけ」

彼女は趣味でハワイアンキルトをやっていて、その腕は個展に出品するほどなのだ。ハワイアンキルトは手仕事好きの日奈子にとっては興味のあるところで、話を聞かせてもらっていたのである。彼女の話は興味深く、日奈子からも質問しているうちに話が弾んだのだ。

「日奈子は裏表がないからな。誰かに取り入ろうとか、自分にとって有利になる相手だとか、そういう気持ちがないから、夫人も安心して話ができたのだろう」

そう言う宗一郎の手が日奈子の顎に添えられる。少し上を向かせられたかと思うと、唇に優しいキスが振ってきた。

「俺に相応しい妻になろうなんて気負う必要はまったくない。日奈子は、日奈子だというだけで俺の妻に相応しい」

そのまま、額に頬に音を立ててキスをする。甘くて少しくすぐったい感覚に日奈子は笑みを浮かべた。

「だけど、そういうわけにいかないよ」

「日奈子に負担がかかるならパーティーなんかに出なくていい」

「負担じゃないけど……緊張はするかな。宗一郎さんは慣れてるだろうけど、私はあまり出たことないもん」

「緊張か」

宗一郎が呟いた。

「それくらいなら、まあそのうち慣れるよ。だけどどうしても緊張するなら、パーティーの招待客を皆ジャガイモだと思えばいい。ジャガイモの集まりなら失敗しても大丈夫だろ」

「ジャガイモ!?」

「そうだ。俺もはじめの頃はそれなりに緊張したから、そう思って乗り越えた」

冗談を言う宗一郎に、日奈子はくすくすと笑った。

「ジャガイモ……！　そんなの失礼よ」

「それにたとえ緊張して失敗しても、日奈子のそばにはいつも俺がいるから大丈夫だ」

優しい目で日奈子を見る彼を見つめ返して、日奈子は今夜の彼を思い出した。

今夜の彼は、ホストとしてゲストを完璧にもてなしていた。その上で、はじめてのパーティーでがちがちになっていた日奈子が疲れていないかと常に気を配ってくれていたのだ。彼が隣にいてくれたことが心強かったのは間違いない。

──でも。

「やっぱりダメ、緊張しちゃう」

日奈子は呟いた。

「日奈子？」

「だって、宗一郎さんがカッコいいんだもん。普段も素敵だけどフォーマルな姿の宗一郎さんは特別素敵で、私どうしてもドキドキするの。平常心なんて無理」

すると宗一郎が驚いたように目を開いて、また日奈子の顎に手を添える。ぐいっと上を向かせられて、唇を奪われた。

たっぷりと日奈子の唇を堪能した後、至近距離で宗一郎が、低い声音で問いかけた。

「そういうことを言うとどういうことになるか、忘れたのか？」

キスの余韻が抜けきれずぼんやりとしたまま、日奈子は答えられなかった。

「今夜は、日奈子が疲れているだろうから一緒に風呂に入るだけにするつもりだ。だがそんなことを言われると、我慢できなくなる」

普段とは違う少し危険な色を浮かべた視線に、日奈子の背中がぞくりとする。

――我慢しないで。

心の中でもうひとりの自分が言う。すでに日奈子の身体には火がついてしまっている。我慢しないで彼の思うままにしてほしかった。

でもそれを口にすることはできなかった。そんな恥ずかしいことを言う勇気は日奈子にはない。……その代わり、目を伏せて別の言葉を口にする。

「宗一郎さん……。大好き、愛してる」

熱い思いを込めて日奈子は言う。それだけで十分に意図は伝わったようだ。

すぐにまた深く唇を奪われる。

ちゃぷんちゃぷんという水音と、少し荒いふたりの吐息が、夜の空に響く。

まとめ上げた日奈子の髪に、大きな手が差し込まれた。

その先を予感させる荒々しいキスに、日奈子は翻弄され続ける。

「そ、宗一郎さん。ここでは……」

息継ぎの合間に日奈子は甘い息を吐いて訴える。

宗一郎が喉の奥でくっと笑った。

「……どこならいいんだ？」

少し意地悪なその問いかけに、日奈子はきゅっと唇を結ぶ。答えなんてわかっているはずなのに、彼は日奈子に言わせようとしている。

「日奈子？」

言わない日奈子を追い詰めるように彼はそこを甘噛みする。ぴくりと身体を震わせて、自分を包む彼の腕をギュッと掴んだ。

「べ、ベッドで……」

ようやくそれだけを口にすると、夜空に浮かぶ黄金色の月を背に、宗一郎が満足そうに微笑んだ。

了

あとがき

このたびは、『冷徹ホテル王の最上愛～天涯孤独だったのに一途な恋情で娶られました～』をお手に取ってくださりありがとうございました。

お楽しみいただけましたでしょうか。

この作品は、とにかくヒロインに「好きだ結婚してくれ」と言い続けるヒーローを書きたくて思いついた作品です。ヒーローとヒロインが幼なじみ同士ということや、傷を抱えたヒロインがヒーローの大きな愛によって救われるという私の好きな設定も盛り込みましたから、とにかく楽しく書きました！

想定していたよりも口うるさく過保護なヒーローになってしまいましたが、私としてはかなり好みの男に仕上がったかなと思っています。

日奈子の心の傷が宗一郎の愛に溶かされて、ともに生きていこうと決意するまでの物語をお楽しみいただけていたら嬉しいです。

カバーイラストをご担当くださったのは、さんば先生です。

実は私、以前、さんば先生がご担当された他の著者さんのベリーズ文庫のカバーイラストを拝見して、「すごく素敵。私もいつか描いていただきたいな」と思っていました。なので、ご担当いただけると聞いた時はとても嬉しかったです。さんば先生に描いていただいた日奈子と宗一郎は予想以上に素敵でした！　がっちり両腕で日奈子をホールドしている宗一郎が最高……。

さんば先生、ありがとうございました！

また、書籍化にあたりまして、サポートしてくださったご担当者さまは並びに編集担当者さまに厚く御礼申し上げます。今回の書籍化作業では、悩むところが多かったのですが、有益なアドバイスをたくさんいただきました。おふたりのサポートなしにこの作品を文庫という形にすることはできなかったと思います。

ありがとうございました。

最後になりましたが、私の作品を手に取ってくださる読者の皆さまに、厚く御礼申し上げます。私が作品を世に送り出すことができるのは、皆さまのお力に他なりません。これからも楽しい作品を作り出せるよう、ひとつひとつの作品に真摯に向き合い、歩んでいこうと思います。本当にありがとうございました。

皐月《さつき》なおみ

皐月なおみ先生への
ファンレターのあて先

〒104-0031
東京都中央区京橋1-3-1
八重洲口大栄ビル7F
スターツ出版株式会社　書籍編集部　気付

皐月なおみ先生

本書へのご意見をお聞かせください

お買い上げいただき、ありがとうございます。
今後の編集の参考にさせていただきますので、
アンケートにお答えいただければ幸いです。

下記URLまたはQRコードから
アンケートページへお入りください。
https://www.berrys-cafe.jp/static/etc/bb

冷徹ホテル王の最上愛
～天涯孤独だったのに一途な恋情で娶られました～

2023年12月10日　初版第1刷発行

著　者　皐月なおみ

発行人　菊地修一
デザイン　カバー　ナルティス
フォーマット　hive & co.,ltd.
校　正　株式会社文字工房燦光
発行所　スターツ出版株式会社
〒104-0031
東京都中央区京橋1-3-1　八重洲口大栄ビル7F
TEL　出版マーケティンググループ　03-6202-0386
(ご注文等に関するお問い合わせ)
URL　https://starts-pub.jp/
印刷所　大日本印刷株式会社

Printed in Japan

ISBN 978-4-8137-1511-5　C0193

ベリーズ文庫 2023年12月発売

『高貴なCEOは絶対令嬢を生涯愛し囲う～俺の妻は君しかいない～【極上スパダリの執着溺愛シリーズ】』 若菜《わかな》モモ・著

ウブな令嬢の蘭は祖母同士の口約束で御曹司・清志郎と許嫁関係。憧れの彼との結婚生活にドキドキしながらも、愛なき結婚に寂しさは募るばかり。そんなある日、突然クールで不愛想だったはずの彼の激愛が溢れだし…!? 「君を絶対に手放さない」――彼の優しくも熱を孕む視線に蘭は甘く蕩けていき…。

ISBN 978-4-8137-1509-2／定価726円（本体660円＋税10%）

『ドSな御曹司は今夜も新妻だけを愛したい～子づくりは溺愛のあとで～』 葉月《はづき》りゅう・著

料理店で働く依都は、困っているところを大企業の社長・史悠に助けられる。仕事に厳しいことから"鬼"と呼ばれる冷酷な彼だったが、依都には甘い独占欲剥き出しで!? 容赦ない愛を刻まれ、やがてふたりは結婚。とある理由から子づくりを躊躇う依都だけど、史悠の溺愛猛攻で徐々に溶かされていき…!?

ISBN 978-4-8137-1510-8／定価726円（本体660円＋税10%）

『冷徹ホテル王の最上愛～天涯孤独だったのに一途な恋情で娶られました～』 皐月《さつき》なおみ・著

母を亡くし無気力な生活を送る日奈子。幼なじみで九条グループの御曹司・宗一郎に淡い恋心を抱いていたが、母の遺書に「宗一郎を好きになってはいけない」とあり、彼への気持ちを封印しようと決意。そんな中、突然彼からプロポーズされて…!? 彼の過保護な溺愛で次第に日奈子は身も心も溶けていき…。

ISBN 978-4-8137-1511-5／定価715円（本体650円＋税10%）

『お別れした凄腕救急医に見つかって最愛ママになりました』 未華空央《みはなそらお》・著

看護師の芽衣は仕事の悩みを聞いてもらったことで、エリート救急医・元宮と急接近。独占欲を露わにした彼に惹かれ甘い夜を過ごした後、元宮が結婚し渡米する噂を聞いてしまう。身を引いて娘をひとり産み育てていた頃、彼が目の前に現れて…! 「もう、抑えきれない」ママになっても溺愛されっぱなしで…!?

ISBN 978-4-8137-1512-2／定価726円（本体660円＋税10%）

『敏腕社長は雇われ妻を愛しすぎている～契約結婚なのに心ごと奪われました～』 黒乃梓《くろのあずさ》・著

大手企業で契約社員として働く傍ら、伯母の家事代行会社を手伝っている未希。ある日、家事代行の客先へ向かうと、勤め先の社長・隼人の家で…!? 副業がバレた上、契約結婚を持ちかけられる。「君の仕事は俺に甘やかされることだろ?」――仕事の延長の"妻業"のはずが、甘い溺愛に未希の心は溶かされていき…。

ISBN 978-4-8137-1513-9／定価737円（本体670円＋税10%）

ベリーズ文庫 2023年12月発売

『初めましてこんにちは、離婚してください　新装版』あさぎ千夜春《ちよはる》・著

家のために若くして政略結婚させられた莉央。相手は、容姿端麗だけど冷徹なIT界の帝王・高嶺。互いに顔も知らないまま十年が経ち、莉央はついに"夫"に離婚を突きつける。けれど高嶺は離婚を拒否し、まさかの溺愛モード全開に豹変して…!?　大ヒット作を装い新たに刊行!　特別書き下ろし番外編付き!

ISBN 978-4-8137-1514-6／定価499円（本体454円＋税10%）

『働きすぎのお人よし聖女ですが、無口な辺境伯に嫁いだらまさかの溺愛が待っていました』坂野真夢《さかのまむ》・著

神の声を聞ける聖女・ブランシュはお人よしで苦労性。ある時、神から"結婚せよ"とのお告げがあり、訳ありの辺境伯・オレールの元へ嫁ぐことに!　彼は冷めた態度だが、ブランシュは領民の役に立とうと日々奮闘。するとオレールの不器用な愛が漏れ出してきて…。聖女が俗世で幸せになっていいんですか…!?

ISBN 978-4-8137-1515-3／定価748円（本体680円＋税10%）

ベリーズ文庫 2024年1月発売予定

Now Printing

『俺の奥さんはちょっと変わっている』滝井《たきい》みらん・著

平凡OLの美雪は幼い頃に大企業の御曹司・蒼の婚約者となる。ひと目惚れした彼に近づけるよう花嫁修業を頑張ってきたが、蒼から提示されたのは1年間の契約結婚で…。決して愛されないはずだったのに、徐々に独占欲を垣間見せる蒼。「君は俺もの」──クールな彼の溺愛は溢れ出したら止まらない…!?

ISBN 978-4-8137-1524-5／予価660円（本体600円+税10%）

Now Printing

『職業男子アンソロジー(航空自衛官・公安警察)』惣《そう》領《りょう》莉《り》沙《さ》、高田《たかだ》ちさき・著

人気作家がお届けする、極上の職業男子たちに愛し守られる溺甘アンソロジー！　第1弾は「惣領莉沙×エリート航空自衛官からの極甘求婚」、「高田ちさき×敏腕捜査官との秘密の恋愛」の2作品を収録。個性豊かな職業男子たちが繰り広げる、溺愛たっぷりの甘々ストーリーは必見！

ISBN 978-4-8137-1525-2／予価660円（本体600円+税10%）

Now Printing

『じゃじゃ馬は馴らさずひたすら愛でるもの』砂川雨路《すながわあめみち》・著

華道家の娘である葵は父親の体裁のためしぶしぶお見合いにいくと、そこに現れたのは妹と結婚するはずの御曹司・成輔だった。昔から苦手意識のある彼と縁談に難色を示すが、とある理由で半年後の破談前提で交際することに。しかし「昔から君が好きだった」と独占欲を露わにした彼の溺愛猛攻が始まって…!?

ISBN 978-4-8137-1526-9／予価660円（本体600円+税10%）

Now Printing

『完璧御曹司はかりそめの婚約者を溺愛する』冬野《とうの》まゆ・著

社長令嬢の詩織は父の会社を救うため、御曹司の貴也と政略結婚目的でお見合いをこじつける。事情を知った貴也は偽装婚約を了承。やがて詩織は貴也に恋心を抱くが彼は子ども扱いするばかり。しかしひょんなことから同棲開始して詩織はドキドキしっぱなし！　そんなある日、寝ぼけた貴也に突然キスされて…。

ISBN 978-4-8137-1527-6／予価660円（本体600円+税10%）

Now Printing

『チクタク時計ワニと雪解けの魔法』ねじまきねずみ・著

OLの茉白が大手取引先との商談に行くと、現れたのはなんと御曹司である逢斗だった。初めは冷徹な態度を取られるも、懸命に仕事に励むうちに彼が甘い独占欲を露わにしてきて…!?　戸惑う茉白だったが、一度火のついた逢斗の愛は止まらない。「俺はあきらめる気はない」彼のまっすぐな想いに茉白は抗えず…！

ISBN 978-4-8137-1528-3／予価660円（本体600円+税10%）

タイトル、価格等は変更になることがございますのでご了承ください。

ベリーズ文庫 2024年1月発売予定

Now Printing

『無口な彼が残業する理由　新装版』坂井志緒《さかいしお》・著

27歳の理沙は、恋愛を忘れて仕事の夢を追いかけている。ある日、重い荷物を運んでいると、ふと差し伸べられた手が。それは同期の丸山くんのものだった。彼は無口で無表情、無愛想（その実なかなかのイケメン）ってだけの存在だったのに、この時から彼が気になるようになって…。大人気作品の新装版！

ISBN 978-4-8137-1529-0／予価660円（本体600円＋税10%）

Now Printing

『元罪悪の聖女、転生するも即バレ!?　私を殺して皇帝になった元従僕からの溺愛に溺れそうです』友野紅子《とものこうこ》・著

聖女・アンジェリーナは、知らぬ間にその能力を戦争に利用されていた。敵国王族の生き残り・ディルハイドに殺されたはずが、前世の記憶を持ったまま伯爵家の侍女として生まれ変わる。妾の子だと虐げられる人生を送っていたら、皇帝となったディルハイドと再会。なぜか過保護に溺愛されることになり…!?

ISBN 978-4-8137-1530-6 予価660円（本体600円＋税10%）

タイトル、価格等は変更になることがございますのでご了承ください。